大语文
DA YU WEN

特级教师、著名作家
语文课外阅读经

记金华的双龙洞

叶圣陶/著
圣陶写作研究中心/编

民主与建设出版社
·北京·

为孩子们精心锤炼的课外阅读经典

新时代对孩子们的语文核心素养有了新的要求，这就需要孩子们多读书，读好书，尤其是读经典名著。那么，为什么要选择"语文课外阅读经典丛书"呢？

"语文课外阅读经典丛书" 精选了名家具有代表性的经典名著，必读理由如下：

No.1 提升语言表达能力

丛书中所选经典名著文字优美、构思新颖，具有很高的文学价值。阅读这些经典名著可以提升孩子们的语言表达能力。

No.2 培养思维能力

经典名著往往以深刻的思想和广阔的视野展现人生百态，阅读这些经典名著可以使孩子们从不同角度去思考问题，拓展孩子们的视野，培养孩子们的思维能力。

No.3 提高审美能力

人类最美好的创造都汇集于经典名著之中，阅读它们能激发孩子们对于美的感悟和理解，提高孩子们的阅读品味和审美能力。

No.4 传承文化

经典名著是中华优秀文化的重要载体，通过阅读它们，孩子们能感悟中华文化的丰厚博大，培养对中华文化的热爱之情，进而更好地继承和弘扬中华文化。

"语文课外阅读经典丛书"
用"阅读+实践"提升语文核心素养。

阅读: 精选篇目文质兼备

本套丛书中的每部名著都是名家具有代表性的作品，无论从形式还是内容上去审视，都堪称典范。

实践: 读后实践提升素养

词句收纳盒

读书与积累相结合，读后收获好词好句。

文章探寻

深度探寻作品，对感兴趣的段落有自己的感受和想法。

我有提升

走进作品展示的场景，提升写作能力。

审美涵养馆

品味作品的审美情境，举一反三，寻找大自然中的美，提升审美能力。

图书在版编目（CIP）数据

记金华的双龙洞 / 叶圣陶著；圣陶写作研究中心编
. -- 北京：民主与建设出版社，2023.12（2024.04重印）
　ISBN 978-7-5139-4450-2

　Ⅰ.①记…　Ⅱ.①叶…　②圣…　Ⅲ.①散文集－中国
－现代　Ⅳ.①I266

中国国家版本馆CIP数据核字（2024）第010437号

记金华的双龙洞
JI JINHUA DE SHUANGLONGDONG

著　　者	叶圣陶
编　　者	圣陶写作研究中心
责任编辑	彭　现
封面设计	心亮艺术设计
出版发行	民主与建设出版社有限责任公司
电　　话	（010）59417747　59419778
社　　址	北京市海淀区西三环中路10号望海楼E座7层
邮　　编	100142
印　　刷	三河市兴达印务有限公司
版　　次	2023年12月第1版
印　　次	2024年4月第2次印刷
开　　本	710毫米×1000毫米　1/16
印　　张	9
字　　数	95千字
书　　号	ISBN 978-7-5139-4450-2
定　　价	36.00元

注：如有印、装质量问题，请与出版社联系。

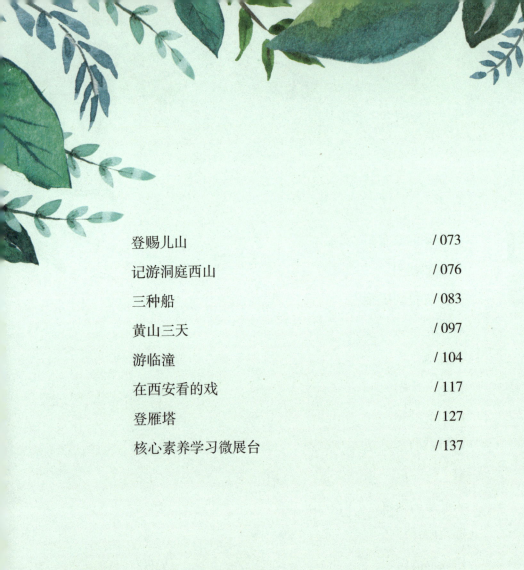

记金华的双龙洞

今年四月十四日，我在浙江金华，游北山的两个岩洞，双龙洞和冰壶洞。洞有三个，最高的一个叫朝真洞，洞中泉流跟冰壶、双龙上下相贯通，我因为足力不济，没有到。

出金华城大约五公里到罗甸（diàn）。那里的农业社兼种花，种的是茉莉、白兰、珠兰之类，跟我们苏州虎丘一带相类，但是种花的规模不及虎丘大。又种佛手，那是虎丘所没有的。据说佛手要那里的土培植，要双龙泉水灌溉（guàn gài），才长得好，如果移到别处，结成的佛手就像拳头那么一个，没有长长的指头，不成其为"手"了。

过了罗甸就渐渐入山。公路盘曲而上，工人正在填

石培土，为巩固路面加工。山上几乎开满映山红，比较盆栽的杜鹃，无论花朵和叶子，都显得特别有精神。油桐也正开花，这儿一丛，那儿一簇，很不少。我起初以为是梨花，后来认叶子，才知道不是。丛山之中有几脉，山上砂土作粉红色，在他处似乎没有见过。粉红色的山，各色的映山红，再加上或深或淡的新绿，眼前一片明艳。

一路迎着溪流。随着山势，溪流时而宽，时而窄，时而缓，时而急，溪声也时时变换调子。入山大约五公里就到双龙洞口，那溪流就从洞里出来的。

　　在洞口抬头望，山相当高，突兀（wù）森郁，很有气势。洞口像桥洞似的作穹（qióng）形，很宽。走进去，仿佛到了个大会堂，周围是石壁，头上是高高的石顶，在那里聚集一千或是八百人开个会，一定不觉得拥挤。泉水靠着洞口的右边往外流。这是外洞，因为那边还有个洞口，洞中光线明亮。

在外洞找泉水的来路，原来从靠左边的石壁下方的孔隙流出。虽说是孔隙，可也容得下一只小船进出。怎样小的小船呢？两个人并排仰卧，刚合适，再没法容第三个人，是这样小的小船。船两头都系着绳子，管理处的工友先进内洞，在里边拉绳子，船就进去，在外洞的工友拉另一头的绳子，船就出来。我怀着好奇的心情独个儿仰卧在小船里，遵照人家的嘱咐，自以为从后脑到肩背，到臀（tún）部，到脚跟，没一处不贴着船底了，才说一声"行了"。船就慢慢移动。眼前昏暗了，可是还能感觉左右和上方的山石似乎都在朝我挤压过来。我又感觉要是把头稍微抬起一点儿，准会撞破了额角，擦伤了鼻子。大约行了二三丈的水程吧（实在也说不准确），就登陆了，这就到了内洞。要不是工友提着汽油灯，内洞真是一团漆黑，什么都看不见。即使有了汽油灯，还只能照见小小的一搭地方，余外全是昏暗，不知道有多么宽广。工友以导游者的身份，高高举起汽油灯，逐一指点内洞的景物。首先当然是蜿蜒（wān yán）在洞顶的双龙，一条黄龙，一条青龙。我顺着他的指点看，有点儿像。其次是些石钟乳和石笋，这是什么，那是什么，大都据形状想象成仙家、动物以及宫室、器用，名目有四十多。这是各处岩洞的通例，凡是岩洞都有相类的名目。我不感兴趣，虽然听了，一个也没有记住。

有岩洞的山水多是石灰岩。石灰岩经地下水长时期的浸蚀（jìn shí），形成岩洞。地下水含有碳酸，石灰岩是碳酸钙，碳酸钙遇着水里的碳酸，就成酸性碳酸钙。酸性碳酸钙是溶解于水的，这是岩洞形成和逐渐扩大的缘故。水渐渐干的时候，其中碳酸分解成水和二氧化碳气体跑走，剩下的又是固体的碳酸钙。从洞顶下垂，凝成固体的，就是石钟乳，点滴积累，凝结在洞底的，就是石笋，道理是一样的。惟其如此，凝成的形状变化多端，再加上颜色各异，即使不比作什么什么，也就值得观赏。

在洞里走了一转，觉得内洞比外洞大得多，大概有十来进房子那么大。泉水靠右边缓缓地流，声音轻轻的。上源在深黑的石洞里。

查《徐霞客游记》，霞客在崇祯（zhēn）九年（一六三六年）十月初十日游三洞。郁达夫也到过，查他的游记，是一九三三年十一月十二日。达夫游记说内洞石壁上"唐宋人的题名石刻很多，我所见到的，以庆历四年的刻石为最古。……清人题壁，则自乾隆以后绝对没有了，盖因这里洞，自那时候起，为泥沙淤（yū）塞了的缘故"。达夫去的时候，北山才经整理，旧洞新辟。到现在又是二十多年了，最近北山再经整理，公路修起来了，休憩（qì）茶饭的所在布置起来了，外洞内洞收拾得干干净净。我去的那一天是星期日，游人很不少，工人、农民、干部、学生都有，外洞内洞闹哄哄的，要上小船得排队等候好一会儿。这种景象，莫说徐霞客，假如达夫还在人世，也一定会说二十年前决想不到。

我排队等候，又仰卧在小船里，出了洞。在外洞前边休息了一会儿，就往冰壶洞。根据刚才的经验，知道洞里

潮湿，穿布鞋非但容易湿透，而且把不稳脚。我就买一双草鞋，套在布鞋上。

从双龙洞到冰壶洞有石级。平时没有锻炼，爬了三五十级就气呼呼的，两条腿一步重一步了，两旁的树木山石也无心看了。爬爬歇歇直到冰壶洞口，也没有数一共多少级，大概有三四百级吧。洞口不过小县城的城门那么大，进了洞就得往下走。沿着石壁凿（záo）成石级，一边架设木栏杆以防跌下去，跌下去可真不是玩儿的。工友提着汽油灯在前边引导，我留心脚下，踩稳一脚再挪动一

脚，觉得往下走也不比向上爬轻松。

忽然听见水声了，再往下没有多少步，声音就非常大，好像整个洞里充满了轰轰的声音，真有逼人的气势，就看见一挂瀑布从石隙吐出来，吐出来的地方石势突出，所以瀑布全部悬空，上狭下宽，高大约十丈。身在一个不知道多么大的岩洞里，凭汽油灯的光平视这飞珠溅（jiàn）玉的形象，耳朵里只听见它的轰轰，脸上手上一阵阵地沾着飞来的细水滴，这是平生从未经历的境界，当时的感受实在难以描述。

再往下走几十级，瀑布就在我们上头，要抬头看了。这时候看见一幅奇景，好像天蒙蒙亮的辰光正下急雨，千万支银箭直射而下，天边还留着几点残星。这个比拟是工友说给我听的，听了他说的，抬头看瀑布，越看越有意味。这个比拟比较把石钟乳比作狮子和象之类，意境高得多了。

在那个位置上仰望，瀑布正承着洞口射进来的光，所以不须照灯，通体雪亮，所谓残星，其实是白色石钟乳的反光。

这个瀑布不像一般瀑布，底下没有潭，落到洞底就成伏流，是双龙洞泉水的上源。

现在把徐霞客记冰壶洞的文句抄在这里，以供参证。"洞门仰如张吻。先投杖垂炬而下，滚滚不见其底。乃攀隙倚空入其咽喉。忽闻水声轰轰，愈秉炬从之，则洞之中央，一瀑从空下坠，冰花玉屑，从黑暗处耀成洁采。水穴石中，莫稔（rěn）所去。复秉炬四穷，其深陷逾于朝真，而屈曲少逊。"

海上的朝阳

我每天在舱房里醒来，就走到甲板上，靠着栏杆望。那时候天还没有大亮，只显出很淡很淡的蓝色。周围非常地静，只听得船中机器的声音。

忽然间，天边出现一道红霞。那红霞的范围渐渐扩大，光亮也渐渐加强。我知道太阳要从那边升起来了，就一眼不眨地望着那边。

小半个太阳果然在那边出现了，是大红的颜色，没有光芒。它慢慢地向上升，好像负着什么重担，很费力气似的；终于给它冲破了云霞，完全跳出了海面。那颜色红得更鲜艳了，看了有一种说不出的欢喜。转眼间，这大红的圆球忽然射出耀眼的光芒，叫人不敢正对着看它，近旁的云也被染上了光彩。

有几天，太阳隐到了云背后，它的光芒却从云里透出来，直射到海面上。这时候只看见一片光亮，海和天在哪里分界，就很难辨别了。

又有几天，天边有很厚的黑云，太阳升起来也看不见。然而太阳在黑云背后放射它的光芒，给黑云镶（xiāng）上了一道光亮的金边。到后来才慢慢地升起来，在天空出现，把黑云染成了紫色或者红色。一霎（shà）时，不只是太阳，不只是云，不只是海，就是我，也成了光亮的了。

坐羊皮筏到雁滩

初次看见羊皮筏（fá）的照片在二十年前。凭这个东西可以在水上行动，像陆上坐车似的，虽然没有什么不相信，总觉得有些儿特别，有些儿异感。再说这个东西的构造也看不大清楚，胀鼓鼓的仿佛一笼馒头，说是羊皮，可不知道怎么搞的。这回到兰州，才亲眼看见羊皮筏，而且坐了羊皮筏过渡到雁滩——雁滩是黄河中的沙洲。

羊皮筏用的是整张的羊皮。我说整张，也许会引起误会，会叫人家想起做皮袄皮袍子的皮料那样的整张。因而必须赶紧说明，并不是那样展开的整张。打个比方，好比蛇蜕下来的皮，蛇爬到别处去了，蜕下来的皮留着，虽然那么瘪（biě）瘪的，可还是蛇的形状——是那样保持着原状的整张。宰羊的人剥羊皮（不用说，羊毛先剃光了），让羊皮从肌肉骨骼上蜕下来，整张上只有四个窟窿（kū long）。前肢在膝盖的部位切断，一边一个窟窿，脑袋去掉，脖子的部位一个大窟窿。两条后肢全去掉，臀部的一个窟窿更大。把三个窟窿拴紧，留下一个吹气（为方便起见，当然

在前肢的两个里头留一个），吹足了气也把它拴紧。于是成了个长形的气囊（náng），还看得出羊身体的形状。

四个或五六个气囊并排连成一排，看羊皮的大小而定。又把三排气囊直里连起来，就成个长方形的连结体。一个连结体少则十二个气囊，多则十五六个。在这连结体上平铺一个长方形的木架，用绳子系着。木架的结构像个横写的"册"字——当然只是大略的比拟罢了，"册"字底下没有一画，可是那架子底下有一画，"册"字只有四直，可是那架子有十多直，两直之间的距离比人的脚短些，一只脚可以在两直上踏稳。这就齐全了，羊皮筏的装置尽在于此了。

不知道一个羊皮筏有多重。看来不会太重，因为筏工用一条扁担支着它，把它背在背上，一只手按住扁担的另一头，走起来挺轻松的。有人雇乘了，讲好价钱，筏工就把它放在河沿水面上，让乘客跨上去。

还有牛皮筏，我们没看见。听说牛皮筏是装重载的，支起篷帐，里面住人，顺流而下驶往宁夏。要是把牛皮筏比作运货大卡车，那么羊皮筏就是小汽车，坐这么几个人，在近处兜兜罢了。

我们听过朋友的解说，说羊皮筏非常稳当，绝对保险，虽然看起来有些异样，跟习惯的船只很少相同之点。我们跨上去，有些晃荡，可是不比西湖里的小划子晃荡得厉害。照惯例，乘客应当两只脚踏在两条横木上，身体蹲下来，着力在两条腿上。我腿力不济，没法蹲，只好一屁股坐下来，下面贴着木条和羊皮。我们四个人，加上筏工跟一个附载的挑面粉的，筏上共载六个人。

羊皮筏吃水极浅，所以能贴近沙滩，便于上下。羊皮筏有弹力，碰着滩石就弹开来，不至于撞破，就是撞破了一个气囊，还有其他十几个气囊在，影响并不大。羊皮筏的底跟面一般大小，就是在水势大风浪猛的时候，也不过跟着波浪上落而已，无论如何打不翻。我们坐在羊皮筏上谈着这些个，觉得非常稳当的说法确然属实。还有一层，我们想，要是兰州一带羊肉的消费量不怎么大，恐怕也不会有什么羊皮筏吧。

筏工把扁担插入黄流，悠然划着——扁担的身份改变了，它又是桨，又是舵。雁滩横在前面，林木繁茂，金黄色的斜阳照着，一派气爽秋高的景象。对岸的山峦列在雁滩背后，沉默之中透着庄严。朝左望上游，朝右望下游，虽然秋季水落，还是有浩荡渺（miǎo）茫的气势。身下的

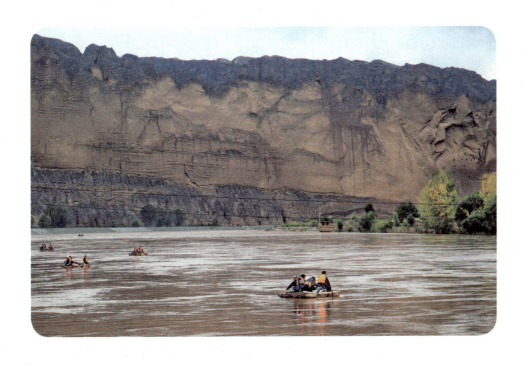

羊皮筏太藐（miǎo）小了，不妨看作没有这个羊皮筏，于是我们觉得我们跟大自然更亲密了，我们浮在水面上，我们的呼吸跟黄河的流动、连山的沉默、青天的明朗息息相通。往年在四川乐山，渡江游凌云山、乌尤山，方当水涨，小划子在开阔之极的波面上晃荡，我也曾有过同样的感觉。

没有十分钟工夫就到了雁滩。从前没住人的时候，这河中的沙洲当然是雁栖息之所——雁滩原是个写实的名称。同时又富有诗意画意，古来取雁宿洲渚（zhǔ）为题材的也不知道有几多诗篇画幅。现在滩上住着好些人家，都以种菜为业，又有公家的农场苗圃（pǔ），雁大概不会下来栖息了吧。可是雁滩还是个挺耐人寻味的名称。

我们先往农场。果树上没有什么果子了，可是会客室桌子上陈列着两大盘苹果，色彩不一，又好看又大，几乎可以说耀人眼睛。招待我们的一位同志说场里苹果的品种很多，盘子里是四种。又说果子都藏在地窖里了，数量不多，还不能普遍供应。又说农场的任务之一是推广优良品种，兰州产瓜果本来有名，再在选择品种上下功夫，前途更光明了。他一边让我们尝苹果，尝了一种又尝一种，把四种尝遍。

　　最大型的一种叫"大元帅"——这名称大概就从大型而来，皮作红绿两色，红的地方鲜红，绿的地方翠绿，味甜，入口有松爽的感觉。另一种叫"印度"，皮纯青色，入口爽脆极了，鲜美极了。第三种叫"青香蕉"，跟"印度"一样作纯青色，稍稍淡些，带着香蕉的香味。第四种叫"玉霞"，皮作黄色——像半熟的香蕉那样的黄色，口味也挺不错。很难说四种里头哪一种更好，很难想起以往吃过的苹果也有这么好，一时间尝到这些个好品种，真可以说此游一乐。

　　尝着好苹果，同时想起幼年吃的苹果。那是四五十年前的事了。中秋前后，苏州水果铺里苹果上市了，至多不过陈列这么五六十个，红绿色的表皮上大多印着黄锈的瘢（bān）痕，大的有铜元那么大。无所谓这种那种的分别，只知道这叫作天津苹果，老远地走海道来的。吃这种苹果也无须用刀子削皮。一般人都用大拇指的指甲从果柄的部分刮到结蒂的部分，好比在地球图上画经线，把整个苹果刮遍。于是表皮就可以撕下来。把撕了皮的苹果送到嘴边一口一口地啃，酥极了，宛如吃豆沙包子，舌头上辨得出细沙似的颗粒，咽下去有饱的感觉。我小时候以为苹果就该那么吃，苹果的味道就是那么不爽不利、粘舌腻喉的，老实说，我对苹果没有多大好感。后来在上海吃新鲜苹果，方才领略到苹果的爽脆和鲜美，好就好在这个爽脆和鲜美，小时候的认识完全不是那么一回事，可历年吃的新鲜苹果也不算少，仿佛全比不上这回在雁滩吃的。

在雁滩谈起瓜，没吃瓜，可是在别处吃了。兰州的瓜太好了，不能不连带说一说。我要说的叫绿瓤（ráng）甜瓜，属于香瓜一类。香瓜一类跟西瓜一类的主要不同点，瓤和肉可以划然分开，不像西瓜那样肉连着瓤，没有显著的界限。咱们吃西瓜吃它的瓤，吃香瓜不吃瓤，吃它的肉。这些都是大家知道的，不必细说。香瓜一类通常有黄金瓜、翠瓜，大略有些儿香味，不怎么甜，有的绝然不甜，上市的时候，咱们也爱尝一尝，应个景儿，可是总不能成为咱们的嗜（shì）好。离苏州三十六里有个乡镇叫角（lù）直，我在那里住过好几年，那里出产一种苹果瓜，形状像苹果，小饭碗那么大，青皮绿肉，比一般黄金瓜甜些，苏州一带认为名贵的品种，实际上也不过如此。兰州的绿瓢甜瓜也大略像苹果，有儿童玩的小足球那么大，皮作白色，白里带黄，并不好看，切开来可好看了，嫩绿的肉好像上品的翡翠。咬一口那嫩绿的肉，水分多，味道甜而鲜，稍稍咀嚼（jǔ jué）几下，就那么和润地咽下去，仿佛没有什么质料似的。吃过一两块，只觉得甜美清凉直透心脾，真可以说无上的享受。这种瓜可以久藏，到春节的时候拿出来，是绝妙的岁朝清赏。

　　还得说一说哈密瓜。兰州市街在一个拐角处聚集着好些家回民开设的铺子，贩卖新疆的土产特产，哈密瓜就在

那里买。哈密瓜也属于香瓜一类，形状像橄榄球，大小也相当。皮作暗绿色，粗糙，有细碎的并不深刻的裂纹。切开来，肉作淡黄色——也可以说淡红色，跟南瓜差不多。甜味似乎比绿瓢甜瓜厚些，不如绿瓢甜瓜的清，水分也比较少些。哈密瓜声名很大，在往时，绝大多数人仅闻其名，不知道究竟是怎么样一件东西。往后交通日益发展，铁路网像蜘蛛网似的结起来，一方面产地讲究培植，提高产量，我想，哈密瓜和兰州的绿瓢甜瓜、"大元帅"之类必然会在各地水果铺里出现，家喻户晓，像广东香蕉、天台柑橘一个样。

说得远了，现在回到雁滩。我们吃过苹果，就出来随处看看。这里是苹果树，那里是梨树、桃树。白杨的苗木密密地插在那里，只看见平行的直干子。沙路旁边的槐树

伸展着近乎羽状的叶片。垂柳倒挂下来，叶子一动不动，虽然到了深秋时节，仿佛还不预备凋零似的。四围寂然，只听见黄河流动的静静的声音。

这雁滩是兰州人游息的地方，尤其在夏天。工作人员逢到假日来这里消磨这么一天半天，好在四围全有树木，无论上午下午都可以遮荫，沙地上坐坐躺躺又是挺舒服的。放暑假的学生几乎把这里看作第二学校，大伙聚在一块儿，看一回书，做一回游戏，开一个什么会，比平时的学校生活还要愉快。兰州夏天本来不怎么热，这雁滩尤其凉爽。在这凉爽的境界里，看那庄严静穆的山峦（luán）、浩荡渺茫的黄河，看那山光水色随着朝晚阴晴而变化，简直是精神上洗一回澡，洗得更见清新，更见深湛。

好些个农民挑着满担的花菜往河边，搭乘羊皮筏。那花菜是才在地里割的，赶紧挑出去，下一天早晨兰州市上就有"还没断气"的新鲜花菜。

暮色压下来了，压着连山，压着林木，压着黄河，也压着我们的眉梢。于是我们又跨上羊皮筏。

远足

昨天和同学约定，今天到小玉山去远足。早上起来，看见晴光满空，好不欢喜。跑到邹济家里等了一会儿，约定的六个人都到了。大家预备了香蕉、苹果、芝麻饼、煮熟的鸡蛋等东西。邹济有一个大号的热水瓶，盛满了开水挂在身上。

走完市街，再走三里就是山路了。山上到处是绿荫，觉得很凉快。我们或是在草上面打滚，或是在溪旁边洗脸，并不一口气向上跑。邹济腰间挂着热水瓶，右手拿着两尺多的一条树枝，独个儿落在后边，像个远足队的队长。

宋有信吹起口笛来了，我从来没听见过他吹口笛。韦宜时时站住了，告诉我一些花草和虫子的名称。我羡慕他在山上有这许多熟朋友。丁小峰照顾同学成了习惯。山脚下有一条沟，他就先跳过去，伸手过来接同学。胡廉小时候被牛撞倒过，看见牛就害怕。一棵榆树下正站着一头牛，他急忙躲避，跌了一跤。我们扶他起来，见他的衣襟（jīn）给刺棘（jí）扯破了，一道缝有三寸来长。邹济身边一向带着针线，就替他缝好了。胡廉不住地说："谢谢，谢谢。"

到了山顶，大家直喘气。六个人团围坐，分着吃带来的东西。肚子真有点饿了，鸡蛋和芝麻饼一到嘴里，就像融化了似的。香蕉、苹果好像特别甜，平时吃的时候就没有这种味儿。

向南面望，一片广大的平原，一条河道反射着亮光，弯弯曲曲地流去，直到地和天接界的地方。西面望见五十里以外的山峰。什么时候才能爬上那些山峰去玩呢，我这么想。回转身来，啊，整个城市就在我们眼前！黑的屋顶，白的墙，沟一般的街道，盆景那样的树丛。人声和鸡啼狗叫，细细的，要留神听才听得见。

宋有信指点着说："你们看，那座楼房上有个亭子，旁边有几簇树的，就是我们的学校。"

不错，那就是我们的学校。韦宜放大声音喊："老师，我们爬上了小玉山，老师在学校里做什么呢？"大家都笑了。没有人回答。

我说："下一回再来，不要忘记请我们的老师。"

浙江潮

我们从杭州乘汽车出发，行驶一个半钟头，经过海宁城，到了八堡；这段路程共五十四公里。时间正是十二点三十分，潮还没有来。江岸上看潮的人却已经聚得很多，男女老少都有；各种色彩、各种式样的服装，在晴明的阳光中显得鲜艳悦目。前面是缓缓流动的一江水。

我们沿着石塘走。看浙江省政府所立的石碑，知道这叫作"溪伊斜坡石塘"，是一九三〇年七月完工的。溪伊大概是这里原来的村名；现在称八堡，因为从杭州起划分沿海区域，到这里是第八段的缘故。石塘作凹（āo）字形，为的减轻浪潮的冲击力；据说以前这里的旧塘曾被大潮冲坏，淹没了不少的田地和房屋。

十二点四十五分，忽然听得隆隆的声音，好像很远的地方有个工厂正开动着机器。"来了！来了！"塘上的人一齐伸长了脖子向远望。只见水天相接的地方涌起一条白线，江水却还是缓缓地流动。然而一转眼间，那声音就变得非常强大，轰轰地，布满空间，使人屏住呼吸不敢做

声。潮头已在前面不远的地方了，仿佛兵士排着队伍，穿着雪白的服装，滚滚地直向石塘扑来。这是南潮，潮头四五公尺高。同时东面又突起一个潮头，像一大纵队的兵士急奔直进，和南潮正交，呈丁字形。互相冲激的结果，潮头涌起得更高了；声音也更大，好像地球上立刻会有什么大变动到来似的。

南潮先到岸，用巨大的力量横拍石塘；浪花直溅，像积着雪的树，像美丽的小冰山。江面完全皱了，颜色转暗，白泡沫急速地跳荡着。东潮紧跟在南潮的后头，高达七八公尺，忽起忽落，像千万骑兵冲锋奔来，斜掠着塘角。东南两潮这样地冲撞着，攻击塘岸，共有十多次，才一齐向上游涌去。明明就是这一江水，然而和先前大不相同了，它奔腾，它呼号，气势可以吞没一切，谁还记得它缓缓流动的旧面目。

我们看出了神，大家都没有话说，只有兴奋的眼光互相看了一眼，仿佛说："这就是浙江潮呀！"

游了三个湖

　　这回到南方去，游了三个湖。在南京，游玄武湖；到了无锡，当然要望望太湖；到了杭州，不用说，四天的盘桓（huán）离不了西湖。我跟这三个湖都不是初相识，跟西湖尤其熟，可这回只是浮光掠影地看看，写不成名副其实的游记，只能随便谈一点儿印象。

　　出玄武门，走了一段堤岸，在岸左边上小划子。那是上午九点光景，一带城墙受着晴光，在湖面和蓝天之间划一道界线。我忽然想起四十多年前头一次游西湖，那时候杭州靠西湖的城墙还没拆，在西湖里朝东看，正像在玄武湖里朝西看一样，一带城墙分开湖和天。当初筑城墙当然为的防御，可是就靠城的湖来说，城墙好比园林里的回廊（láng），起掩蔽的作用。回廊那一边的种种好景致，亭台楼馆，花坞（wù）假山，游人全看过了，从回廊的月洞门走出来，瞧见前面别有一番境界，禁不住喊一声"妙"，游兴益发旺盛起来。再就回廊这一边说，把这一边、那一边的景致合在一块儿看也许太繁复了，有一道回廊隔着，让一部分景致留在想象之中，才见得繁简适当，可以从容应接。这是园林里修回廊的妙用。湖边的城墙几乎跟回廊完全相仿。所以西湖边的城墙要是不拆，游人无论从湖上看东岸还是从城里出来看湖上，都会感觉另外一种味道，跟现在感觉的大不相同。我也不是说西湖边的城墙拆坏了。湖滨一并排是第一公园至第六公园，公园东面隔着马路，一带相当齐整的市房，这看起来虽然繁复些，可是照构图的道理说，还成个整体，不致流于琐碎，因而并不伤美。再说，成个整体也就起回廊的作用。然而玄武湖边的城墙，要是有人主张把它拆了，我就不赞成。不知道为什么，我总觉得那城墙的线条，那城墙的色泽，跟玄武湖的湖光、紫金山覆舟山的山色配合在一起，非常调和，看来挺舒服，换个样儿就不够味儿了。

这回望太湖，在无锡鼋（yuán）头渚，又在鼋头渚附近的湖面上打了个转，坐的小汽轮。鼋头渚在太湖的北边，是突出湖面的一些岩石，布置着曲径蹬道，回廊荷池，丛林花圃，亭榭（xiè）楼馆，还有两座小小的僧院。整个鼋头渚就是个园林，可是比一般园林自然得多，何况又有浩渺无际的太湖做它的前景。在沿湖的石上坐下，听湖波拍岸，挺单调，可是有韵律，仿佛这就是所谓

静趣。南望马迹山，只像山水画上用不太淡的墨水涂上的一抹。向来说太湖七十二峰，据说实际不止此数。多数山峰比马迹山更淡，像是画家蘸着淡墨水在纸面上带这么一笔而已。至于我从前到过的满山果园的东山，石势雄奇的西山，都在湖的南半部，全不见一丝影儿。太湖上渔民很多，可是湖面太宽阔了，渔船并不多见，只见鼋头渚的左前方停着五六只。风轻轻地吹动桅杆上的绳索，此外别无动静。大概这不是适宜打鱼的时候。太阳渐渐升高，照得湖面一片银亮。碧蓝的天空中飘着几朵若有若无的薄云。要是天气不好，风急浪涌，就会是一幅完全不同的景色。

从前人描写洞庭湖、鄱（pó）阳湖，往往就不同的气候、时令着笔，反映出外界现象跟主观情绪的关系。画家也一样，风雨晦明，云霞出没，都要研究那光和影的变化，凭画笔描绘下来，从这里头就表达出自己的情感。在太湖边作较长时期的流连，即使不写什么文章，不画什么画，精神上一定会得到若干无形的补益。可惜我来也匆匆，去也匆匆，只能有两三个钟头的勾留。

刚看过太湖，再来看西湖，就有这么个感觉，西湖不免小了些，什么东西都挨得近了些。从这一边看那一边，岸滩，房屋，林木，全都清清楚楚，没有太湖那种开阔浩渺的感觉。除了湖东岸没有山外，三面的山全像是直站到

湖边，又没有衬托在背后的远山。于是来了个总的印象：西湖仿佛是盆景，换句话说，有点儿小摆设的味道。这不是给西湖下贬词，只是直说这回的感觉罢了。而且盆景也不坏，只要布局得宜。再说，从稍微远一点儿的地点看全局，才觉得像个盆景，要是身在湖上或是湖边的某一个所在，咱们就成了盆景里的小泥人儿，也就没有像个盆景的感觉了。

湖上那些旧游之地都去看看，像学生温习旧课似的。最感觉舒坦的是苏堤。堤岸正在加宽，拿挖起来的泥壅（yōng）一点儿在那儿，巩固沿岸的树根。树栽成四行，每边两行，是柳树、槐树、法国梧桐之类，中间一条宽阔的马路。妙在四行树接叶交柯，把苏堤笼成一条绿荫掩盖的巷子，掩盖而绝不叫人觉得气闷，外湖和里湖从错落有致的枝叶间望去，似乎时时在变换样儿。在这条绿荫的巷子里骑自行车该是一种愉快。散步当然也挺合适，不论是独个儿、少数几个人还是成群结队。以前好多回经过苏堤，似乎都不如这一回，这一回所以觉得好，就在乎树补齐了而且长大了。

爬山虎的脚

学校操场北边墙上满是爬山虎。我家也有爬山虎，从小院的西墙爬上去，在房顶上占了一大片地方。

爬山虎刚长出来的叶子是嫩红色。不几天叶子长大，就变成嫩绿色。爬山虎在十月以前老是长茎长叶子。新叶子很小，嫩红色不几天就变绿，不大引人注意。引人注意的是长大的叶子。那些叶子绿得那么新鲜，看着非常舒服。那些叶子铺在墙上那么均匀，没有重叠起来的，也不留一点儿空隙。叶尖一顺儿朝下，齐齐整整的，一阵风拂过，一墙的叶子就漾起波纹，好看得很。

以前我只知道这种植物叫爬山虎，可不知道它怎么能爬。今年我注意了，原来爬山虎是有脚的。植物学上大概有另外的名字。动物才有脚，植物怎么会长脚呢？可是用处跟脚一个样，管它叫脚想也无妨。

爬山虎的脚长在茎上。茎上长叶柄儿的地方，反面伸出枝状的六七根细丝，每根细丝头上长个小圆球儿。细丝和小圆球儿跟新叶子一样，也是嫩红色。这就是爬山虎的脚。

爬山虎的脚触着墙的时候，小圆球就成了一个小吸盘。六七个圆圆的小吸盘就巴住了墙，枝状的细丝原先是直的，现在弯曲了，把爬山虎的嫩茎拉一把，使它紧贴在墙上。爬山虎就这样一脚一脚地往上爬。如果你仔细看那些细小的脚，你会想起图画上蛟龙的爪子。

爬山虎的脚要是没触着墙，不几天就萎了，后来连痕迹也没有了。触着墙的，细丝和小吸盘逐渐变成灰色。不要瞧不起那些灰色的脚，那些脚巴在墙上相当牢固，要是你的手指不费一点儿劲儿，休想拉下爬山虎的一根茎。

白马湖的冬天

　　到了冬天，我们住的白马湖常常刮风。风呼呼地叫着，好像老虎咆哮。我们的房子很简陋，风从门窗的缝儿中透进来，分外尖利。把那些缝儿用厚厚的纸糊了，风还是能从椽（chuán）缝中钻进来。

　　风刮得厉害的日子，天还没有黑，妈妈就把大门关上

了。全家吃过晚饭，索索地凑着煤油灯光，各做各的事：看书，做针线，温习功课，写寄到别处去的信。这时候，屋后山上的松林中送来波涛一般的声音，好像和门前湖水的激荡声比赛似的。听着这些声音只觉得寂静，宛如在荒凉的孤岛上。

我们家面对着宽阔的湖，没有什么东西遮挡。我们看太阳和月亮从东边山上升起来，直看到它们向西边山后落下去。在太阳好的日子，只要不刮风，就会暖和得不像冬天。全家人坐在院子里晒太阳，甚至连午饭也在院子里吃，像夏天吃晚饭一样。人随着太阳光移动，太阳光晒到哪里，就把椅子移到哪里。连鸡和猫也来凑热闹，尽缠绕在我们的脚边。忽然之间刮风了，我们只好逃难似的各自带着椅子逃进屋里，急急忙忙把窗子关上。平常刮风大概从傍晚的时候起，到半夜里就停了。至于刮大风暴，那就整天整夜地呼啸着，要两三天才停止呢。

刮着风、天气冷得最厉害的时候，泥地看去好像铺着水泥，山色冻得发紫、发暗，湖上的波涛泛着深蓝色。这些仿佛是风的特别的标记，在没有风的时候，一切就不是这个样子。

暮

　　西窗的斜阳才欲退隐，所有的色彩似乎暗淡了一点。主人翁觉得不耐了："来，把灯开了！"啪地一旋，成串挂着的电灯如同闭了眼好久骤（zhòu）然张开似的一耀，什么都仿佛涂上了一屋油彩。谁说这不是快适的享用——文明生活这个题目中的应有之义呢？

　　那工场中的地下室，围困在几百间房间里的单人客舍，百货商店的柜台橱架之间，以及沉没在烟里雾里的什么什么铺子和人家，电灯成日成夜地亮着，简直把大地运转的痕迹抹掉了。这是个实际问题，暗了必得它亮；否则为着生存，为着生存（写到第二个"为着"，以为总该换一个别的，却觉得只有"为着生存"最妥当，所以又写了一个；就此为止，不再写第三个了）的种种活动不就停顿了么？

　　我不反对有快适的享用的文明生活，实际问题尤其无可反对。但是我不禁为处于这等境界中的人怅惜：他们有的是优游的，有的是劳顿的，却同样地失去了一种足以吟味的美妙的诗境了。有如对于音乐一般，某甲则心领而神会，某乙却无异对琴之牛：感受与不感受固截然有别，即使感受，又大有程度之差；然而没有音乐送到耳边，始终不给你接触的机会，这无论在某甲某乙，都该是一个缺憾（hàn）吧。

这种美妙的诗境就是"暮"。

所谓暮者，乃指太阳已没到地平线之下，而黑暗的幕还没有拉拢来，一切景物承着太阳的残余的弱光这期间。这自然不是"斜阳暮"了。在这时候，我们可以玩味那暮的特有颜色。充满空际的是淡淡的青。若比晴朗的长天，没有那么明；若比清澄（chéng）的湖水，没有那么活。这是微暗的，轻凝的，朦胧的，有如卷烟徐徐袅（niǎo）起的烟缕，又教人想起堆在枕旁的美人的蓬松的长发。这青色蒙上屋檐、窗棂（líng）、庭树、盆花，以及平田、长河、密林、乱山，等等，任是不协调的也给调和了，消融了各具的轮廓和色彩，在神秘的苍茫中凝合为一气。

自然，我们也给这青色蒙住了，若从超人间的什么眼看来，我们就在这一气之中，正如一滴水之于大海。但是我们有我们的我执，便觉这淡淡的青有一种压迫的力量，轻轻的，十二分轻轻的，然而总会教我们感觉着。这力量似乎离头顶一尺的光景——不，似乎触着了头顶——不，压到眉梢了——也不，竟然四肢百体都压到了。虽然是压迫，不但轻，而且软，仿佛靠着木棉花的枕头，裹着野鸭绒的被褥（rù）。被压得透不转气来自是没有的事，而使神经略微受点刺激，同喝这么一盏半盏酒似的，不是醉于美德，不是醉于欢爱，不是醉于旁的一切，而醉于暝（míng）色之中了。

"暝色入高楼，有人楼上愁。"这醉的滋味就是愁。是怎样的愁呢？这愁不同于夕阳将淡黄的光懒懒地映在屋半腰树半梢那时候所感觉的。那时候感到一种衰零的情味，莫名地惋惜，莫名地惆怅，扼（è）要称说，当然逃不了一个"愁"字。而在暝色之中，依恋是沉下去了，更无所谓惋惜，驰骛（wù）是停止住了，更无所谓惆怅。只有一种微茫的空虚之感，细细碎碎的又似乎无边无外的，在刺着我们的身体，渗入我们的心。这也是愁呀，但不涉困穷，非关离别，侵掠到劳人思妇以外，所以更是原始的，潜在的。在含着上两句的那首词的下半阕有一句道："何处是归程？"是何处？是何处？实在无所归呵！于是那词人发愁了。

我们想象那"日暮倚修竹"的佳人，她那时候一定不在想身世的遭际和恋爱的问题等而下之如关于服装饰物那些事情。暝色笼住了她，修竹发出瑟瑟的低音，那种微茫的空虚之感渗入她的任何部分：无所归呵！无所归呵！她只有默默地倚在那里了。

又试念李后主的句子："独自莫凭栏，无限江山。"江山无限，在苍茫的暝色之中更能体会。但是，归向何处呢？江之东，江之西呢？山之南，山之北呢？全都不是归路，只有一句"无所归呵"的回答！这是李后主当时的愁绪。至于国亡家破之感，他当然是有的，但这时候归于浑忘了。他卸去了彩色斑斓的愁的衣服，看见了赤裸的潜在的原始的愁了。

犹之潸（shān）然滴泪的时候，心酸是微微的脉脉的，乍一念起，觉得这是个微妙的境界，其中有说不出的美。暝色之中愁思正有同样的情形，所以我说它足以吟味。

如其不是独处在那里，旁边伴着的有爱人或挚友，想来也只有默默相对吧。在这样的境界之中，有什么可说呢？有什么可说呢？

天井里的种植

　　搬到上海来十多年，一直住的弄堂房子。弄堂房子，内地人也许不明白是什么式样。那是各所一律的：前墙通连，隔墙公用；若干所房子成为一排；前后两排间的通路就叫作"弄堂"；若干条弄堂合起来总称什么里什么坊，表示那是某一个房主的房产。每一所房子开门进去是个小

天井。天井，也许又有人不明白是什么。天井就是庭院；弄堂房子的庭院可真浅，只须三四步就跨过了，横里等于一所房子的阔，也不过五六步光景，如果从空中望下来，一定会觉得那个"井"字怪适当的。天井跨进去就是正间。正间背后横生着扶梯，通到楼上的正间以及后面的亭子间。因为房子并不宽，横生的扶梯够不到楼上的正间，碰到墙，拐弯向前去。又是四五级，那才是楼板。到亭子间可不用跨这四五级，所以亭子间比楼正间低。亭子间的下层是灶间；上层是晒台，从楼正间另一旁的扶梯走上去。近年来常常在文人笔下出现的亭子间就是这么局促闷损的居室。然而弄堂房子的结构确乎值得佩服；俗语说，"麻雀虽小，五脏俱全"，弄堂房子就合着这样经济的条件。

　　住弄堂房子，非但栽不成深林丛树，就是几棵花草也没法种，因为天井里完全铺着水门汀。你要看花草只有种在花盆里。盆里的泥往往是反复地种过了几种东西的，一些养料早被用完，又没处去取肥美的泥土来加入；所以长出叶子来开出花朵来大都瘦小可怜。有些人家嫌自己动手麻烦，又正有余多的钱足以对付小小的奢侈的开支，就与花园约定，每个月送两回或者三回盆景来；这样，家里就长年有及时的花草，过了时的自有花匠带回去，真是毫不费事。然而这等人家的趣味大都在于不缺少照例应有的点缀（zhuì），自己的生活跟花草的生活却并没有多大干系；只要看花匠带回去的，不是干枯了的叶子，就是折断了的枝干，可见我这话没有冤枉了他们。再有些人家从小菜场买一些折枝截茎的花草，拿回来就插在花瓶里，不像日本人那样讲究什么"花道"，插成"乱柴把"或者"喜鹊窠"都不在乎；直到枯萎了，拔起来向垃圾桶一扔，就此完事。这除了"我家也有一点儿花草"以外，实在很少意味。

我们乐于亲近植物，趣味并不完全在看花。一条枝条伸出来，一张叶子展开来，你如果耐着性儿看，随时有新的色泽跟姿态勾引你的欢喜。到了秋天冬天，吹来几阵西风北风，树叶毫不留恋地掉将下来；这似乎最乏味了。然而你留心看时，就会发现枝条上旧时生着叶柄的处所，有很细小的一粒透露出来，那就是来春新枝条的萌芽。春天的到来是可以预计的，所以你对着没有叶子的枝条也不至于感到寂寞，你有来春看新绿的希望。这固然不值一班珍赏家的一笑，在他们，树一定要搜求佳种，花一定要能够入谱，寻常的种类跟谱外的货色就不屑一看；但是，果真能从花草方面得到真实的享受，做一个非珍赏家的"外行"又有什么关系。然而买一点折枝截茎的花草来插在花瓶里，那是无法得到这种享受的；叫花匠每个月送几回盆景来也不行，因为时间太短促，你不能读遍一种植物的生活史；自己动手弄盆栽当然比较好，可是植物入了盆犹如鸟进了笼，无论如何总显得拘束，滞钝，跟原来不一样。推究到底，只有把植物种在泥地里最好。可是哪来泥地呢？弄堂房子的天井里有的是坚硬的水门汀！

　　把水门汀去掉；我时时这样想，并且告诉别人。关切我的人就提出了驳（bó）议。有两说：又不是自己的房产，给点缀花木犯不着，这是一说；谁知道这所房子住多少日子，何必种了花木让别人看，这是又一说。前者着眼在经济，后者只怕使劳而得不到报酬。这种见识虽然不能叫我信服，可是究属好意：我对他们都致了谢。然而也并没有立刻动手。直到三年前的冬季，才真个把天井里的水门汀的两边凿去，只留当中一道，作为通路。水门汀下面满是砖砾（lì），烦一个工人用了独轮车替我运出去。他就从不很近的田野里载回来泥土，倒在凿开的地方。来回四五趟，泥土与留着的水门汀平了。于是我买一些植物来种下，计蔷薇两棵，紫藤两棵，红梅一棵，芍药根一个。蔷薇跟紫藤都落了叶，但是生着叶柄的处所，萌芽的小粒已经透出来了；红梅满缀着花蕾，有几个已经展开了一两瓣；芍药根生着嫩红的新芽，像一个个笔尖，尤其可爱。我希望它们发育得壮健些，特地从江湾买来一片豆饼，融化了，分配在各棵的根旁边；又听说芍药更需要肥料，先在安根处所的下边埋了一条猪的大肠。

不到两个月，"一·二八"战役起来了。停战以后，我回去捡残余的东西。天井完全给碎砖断板掩没了。只红梅的几条枝条伸出来，还留着几个干枯的花萼（è）；新叶全不见，大概是没命了。当时心里充满着种种的忿（fèn）恨，一瞥过后，就不再想到花呀草呀的事。后来回想起来，才觉得这回的种植真是多此一举。既没有点缀人家的房产，也没有让别人看到什么，除了那棵红梅总算看见它半开以外，一点儿效果都没有得到，这才是确切的"犯不着"。然而当初提出驳议的人并不曾想到这一层。

去年秋季，我又搬家了。经朋友指点，来看这所房子，才进里门，我就中了意，因为每所房子的天井都留着泥地。再不用你费事，只一条过路涂的水门汀。搬了进来之后，我就打算种点儿东西。一个卖花的由朋友介绍过来了。我说要一棵垂柳，大约齐楼上的栏杆那么高。他说有，下礼拜早上送来。到了那礼拜天，一家人似乎有一位客人将要到来，都起得很早。但是，报纸送来了，到小菜场去买菜的回来了，垂柳却没有消息。那卖花的"放生"了吧，不免感到失望。忽然，"树来了！树来了！"在弄堂里赛跑的孩子叫将起来。三个人扛着一棵绿叶蓬蓬的树，在门首停下；不待竖直，就认知这是柳树而并不是垂柳。为什么不送一棵垂柳来呢？种活来得难哩，价钱贵得多哩，他们说出好些理由。不垂又有什么关系，具有生意跟韵致是一样的。就叫他们给我种在门侧；正是齐楼上的栏杆那么高。问多少价钱，两块四，我照给了。人家都说太贵，若在乡下，这样一棵柳树值不到两毛钱。我可不这么想。三个人的劳力，从江湾跑了十多里路来到我这里，并且带来一棵绿叶蓬蓬的柳树，还不值这点儿钱吗？就是普通的商品，譬（pì）如四毛钱买一双袜子，一块钱买三罐香烟，如果撇开了资本吸收利润这一点来说，付出的代价跟取得的享受总有些抵不过似的，因为每样物品都是最可贵的劳力的化身，而付出的代价怎样来的未必每个人没有问题。

柳树离开了土地一些时，种下去过了三四天，叶子转黄，都软软地倒垂了；但枝条还是绿的。半个月后就是小春天气，接连十几天的暖和，枝条上透出许多嫩芽来；这尤其叫人放心。现在吹过了几阵西风，节令已交小寒，这些嫩芽枯萎了。然而清明时节必将有一树新绿是无疑的。到了夏天，繁密的柳叶正好代替凉棚，遮护这小小的天井：那又合于家庭经济原理了。

柳树以外我又在天井里种了一棵夹竹桃，一棵绿梅，一条紫藤，一丛蔷薇，一个芍药根，以及叫不出名字来的两棵灌木；又有一棵小刺柏，是从前住在这里的人家留下来的。天井小，而我偏贪多；这几种东西长大起来，必然彼此都不舒服。我说笑话，我安排下一个"物竞"的场所，任它们去争取"天择"吧。那棵绿梅花蕾很多，明后天有两三朵开了。

苏州园林

　　苏州园林据说有一百多处，我到过的不过十多处。其他地方的园林我也到过一些。倘若要我说说总的印象，我觉得苏州园林是我国各地园林的标本，各地园林或多或少都受到苏州园林的影响。因此，谁如果要鉴赏我国的园林，苏州园林就不该错过。

　　设计者和匠师们因地制宜，自出心裁，修建成功的园林当然各各不同。可是苏州各个园林在不同之中有个共同点，似乎设计者和匠师们一致追求的是：务必使游览者无论站在哪个点上，眼前总是一幅完美的图画。为了达到这个目的，他们讲究亭台轩榭的布局，讲究假山池沼的配合，讲究花草树木的映衬，讲究近景远景的层次。总之，一切都要为构成完美的图画而存在，决不容许有欠美伤美的败笔。他们唯愿游览者得到"如在画图中"的实感，而他们的成绩实现了他们的愿望，游览者来到园里，没有一个不心里想着口头说着"如在画图中"的。

　　我国的建筑，从古代的宫殿到近代的一般住房，绝大部分是对称的，左边怎么样，右边也怎么样。苏州园林可绝不讲究对称，好像故意避免似的。东边有了一个亭子或者一道回廊，西边决不会来一个同样的亭子或者一道同样的回廊。这是为什么？我想，用图画来比方，对称的建筑是图案画，不是美术画，而园林是美术画，美术画要求自然之趣，是不讲究对称的。

　　苏州园林里都有假山和池沼。假山的堆叠可以说是一项艺术而不仅是技术。或者是重峦叠嶂（zhàng），或者是几座小山配合着竹子花木，全在乎设计者和匠师们生平多阅历，胸中有丘壑，才能使游览者远望的时候仿佛观赏宋元工笔云山或者倪云林的小品，攀登的时候忘却苏州城市，只觉得身在山间。至于池沼，大多引用活水。有些园林池沼宽敞，就把池沼作为全园的中心，其他景物配合着布置。水面假如成河道模样，往往安排桥梁。假如安排两座以上的桥梁，那就一座一个样，决不雷同。池沼或河道的边沿很少砌齐整的石岸，总是高低屈曲任其自然。还在那儿布置几块玲珑的石头，或者种些花草：这也是为了取得从各个角度看都成一幅画的效果。池沼里养着金鱼或各色鲤鱼，夏秋季节荷花或睡莲开放。游览者看"鱼戏莲叶间"，又是入画的一景。

苏州园林栽种和修剪树木也着眼在画意。高树与低树俯仰生姿。落叶树与常绿树相间，花时不同的多种花树相间，这就一年四季不感到寂寞。没有修剪得像宝塔那样的松柏，没有阅兵式似的道旁树：因为依据中国画的审美观点看，这是不足取的。有几个园里有古老的藤萝，盘曲嶙峋（lín xún）的枝干就是一幅好画。开花的时候满眼的珠光宝气，使游览者只感到无限的繁华和欢悦，可是没法细说。

游览苏州园林必然会注意到花墙和廊子。有墙壁隔着，有廊子界着，层次多了，景致就见得深了。可是墙壁上有砖砌（qì）的各式镂（lòu）空图案，廊子大多是两边无所依傍的，实际是隔而不隔，界而未界，因而更增加了景致的深度。有几个园林还在适当的位置装上一面大镜子，层次就更多了，几乎可以说把整个园林翻了一番。

游览者必然也不会忽略另外一点，就是苏州园林在每一个角落都注意图画美。阶砌旁边栽几丛书带草。墙上蔓延着爬山虎或者蔷薇木香。如果开窗正对着白色墙壁，太单调了，给补上几竿竹子或几棵芭蕉。诸如此类，无非要游览者即使就极小范围的局部看，也能得到美的享受。

苏州园林里的门和窗，图案设计和雕镂琢磨功夫都是

工艺美术的上品。大致说来，那些门和窗尽量工细而决不庸俗，即使简朴而别具匠心，四扇，八扇，十二扇，综合起来看，谁都要赞叹这是高度的图案美。摄影家挺喜欢这些门和窗，他们斟酌着光和影，摄成称心满意的照片。

苏州园林与北京的园林不同，极少使用彩绘。梁和柱子以及门窗栏杆大多漆广漆，那是不刺眼的颜色。墙壁白色。有些室内墙壁下半截铺水磨方砖，淡灰色和白色对衬。屋瓦和檐漏一律淡灰色。这些颜色与草木的绿色配合，引起人们安静闲适的感觉。而到各种花开的时节，却更显得各种花明艳照眼。

可以说的当然不止以上写的这些，病后心思体力还差，我就简略地说说我所想到感到的。

谈成都的树木

　　前年春间，曾经在新西门附近登城，向东眺（tiào）望。少城一带的树木真繁茂，说得过分些，几乎是房子藏在树丛里，不是树木栽在各家的院子里。山茶、玉兰、碧桃、海棠，各种的花显出各种的光彩，成片成片深绿和浅绿的树叶子组合成锦绣。少陵诗道："东望少城花满烟，百花高楼更可怜。"少陵当时所见与现在差不多吧，我想。

　　登高眺望，固然是大观，站在院子里看，却往往觉得树木太繁密了，很有些人家的院子里接叶交柯，不留一点儿空隙，叫人想起严译《天演论》开头一篇里所说的"是离离者亦各尽天能，以自存种族而已，数亩之内，战事炽（chì）然，强者后亡，弱者先绝"，简直不像布置什么庭园。为花木的发荣滋长打算，似乎可以栽得疏散些。如就观赏的观点看，这样的繁密也大煞风景，应该改从疏散。大概种树栽花离不开绘画的观点。绘画不贵乎全幅填满了花花叶叶。画面花木的姿态的美，加上留出的空隙的形象的美，才成一幅纯美的作品。满院子密密满满尽是花木，每一株的姿致都给它的朋友搅混了，显不出来，虽然满树的花光彩可爱，或者还有香气，可是就形象而言，那就毫无足观了。栽得疏散些，让粉墙或者回廊作为背景，在晴朗的阳光中，在澄澈（chè）的月光中，在朦胧的朝曦（xī）暮霭（ǎi）中，观赏那形和影的美，趣味必然更多。

根据绘画的观点看，庭园的花木不如野间的老树。老树经受了悠久的岁月，所受自然的剪裁往往为专门园艺家所不及，有的竟可以说全无败笔。当春新绿茏葱，生意盎然，入秋枯叶半脱，意致萧爽，观玩之下，不但领略它的形象之美，更可以了悟若干人生境界。我在新西门外住过两年，又常常往茶店子，从田野间来回，几株中意的老树已成熟朋友，看着吟味着，消解了我独行的寂寞和疲劳。

说起剪裁，联想到街上的那些泡桐树。大概是街两旁的人行道太窄，树干太贴近房屋的缘故，修剪的时候往往只顾到保全屋面，不顾到损伤树的姿致，以致所有泡桐树大多很难看。还有金河街河两岸以及其他地方的柳树，修剪起来总是毫不容情，把去年所有的枝条全都锯掉，只剩下一个光光的拳头。我想，如果修剪的人稍稍有些画家的眼光，把可以留下的枝条留下，该可以使市民多受若干分之一的美感陶冶吧。

少城公园的树木不算不多，可是除了高不可攀的楠木林，都受到随意随手的摧残。沿河的碧桃和芙蓉似乎一年不如一年了，民众教育馆一带的梅树，集成图书馆北面的十来株海棠，大多成了畸形，表示"任意攀折花木"依然是游人的习惯。虽然游人甚多，尤其是晴天，茶馆家家客满，可是看看那些"刑余"的花树以及乱生的灌木和草花，总感到进了个荒园似的。《牡丹亭·拾画》出的曲文道："早则是寒花绕砌，荒草成窠"，读着很有萧瑟之感，而少城公园给人的印象正相同。整顿少城公园要花钱，在财政困难的此刻未必有这么一笔闲钱。可是我想，除了花钱，还得有某种精神，如果没有某种精神，即使花了钱恐怕还是整顿不好的。

假山

　　佩弦到苏州来，我陪他看了几个花园。花园都有假山，作为园子的主要部分。假山下大都是荷花池。亭台轩榭之类就环拱着假山和池塘布置起来。佩弦虽是中年人，而且身子比较胖，却还有小孩的心性，看见假山总想爬。我是幼年时候爬熟了这几座假山了，现在再没有这种兴致，只是坐定在一处地方对着假山看看而已。

假山实在算不得一件好看的东西。乱石块堆叠起来，高高低低，凹凹凸凸，且不说天下决没有这样的山，单说阳光照在上面，明一块，暗一块，支离破碎，看去总觉得不顺眼。石块与石块的胶粘处不能不显出一些痕迹，旧了的还好，新修的用了水门汀，一道道僵白色真令人难受。玄墓山下有一景，叫作"真假山"，是山脚露出一些石块，有洞穴，有皱襞（bì）。宛如用湖石堆成的一般。胶粘的痕迹自然没有，走近去看还可以鉴赏山石的"皱法"。然而合着玄墓山一起看，这反而成为一个破绽，跟全山的调子不协调。可观的"真假山"，依我的浅见，要算太湖中洞庭西山的石公山了。那里全山是湖石，洞穴和皱襞俯拾即是，可是浑然一气。又有几十丈高的幛（zhàng）壁，比虎丘"千人石"大得多的石滩，真当得上"雄奇"二字。看了石公山再来看花园里的假山，只觉得是不知哪一个石匠把他的石料寄存在这里罢了。

假山上大都种树木，盖亭子。往往整个假山都在树木的荫蔽之下，而株数并不多，少的简直只有一株。亭子里总得摆一张石桌，可以围坐几个人，一座亭子镇压着整个所谓"山峰"也是常有的事。这就显得非常不相称。你着眼在山一方面，树木和亭子未免太大了，如果着眼在树木和亭子一方面，山又未免小得可笑了。《浮生六记》里的《闲情记趣》开头说：

留蚊于素帐中，徐喷以烟，使之冲烟而飞鸣，作青云白鹤观，果如鹤唳（lì）云端，怡然称快。于土墙凹凸处，花台小草丛杂处，常蹲其身，使与台齐，定神细观。以丛草为林，以虫蚁为兽，以土砾凸者为丘，凹者为壑，神游其中，怡然自得。

这不失为很好的幻想。作者所以能"怡然称快""怡然自得"，在乎比拟得相称。以烟为云，自不妨以蚊为鹤；以丛草为树林，以土砾为丘壑，自不妨以虫蚁为走兽。假若在蚊帐中"徐喷以烟"，而捕一只麻雀来让它逃来逃去，或者以丛草为树林，而让一只猫蹲在丛草之上，这就凝不成"青云白鹤"和"林壑幽深"的幻想，也就无从"怡然"了。假山上长着大树，盖着亭子，情形正跟上面所说的相类。不相称的东西硬凑在一起，只使人觉得是大树长在乱石堆上，亭子盖在乱石堆上而已。

据说假山在花园中起障蔽的作用。如果全园的景物一目了然，东边望得到西边，南边望得到北边，那就太不曲折，太没有深致了。有假山障蔽着，峰回路转，又是一番景象，这才引人入胜。这个话当然可以承认，而且有一些具体的例子证明这个作用的价值。顾家的怡园，靠西一带假山把全园的景物遮掩了，你走到假山的西边去，回廊和旱船显得异常幽静，假山下的一湾水好像是从远处的泉源通过来的（其实就是荷花池中的水），引起你的遐想。还有，拙政园的进园处类似从前衙署中的二门，如果门内留着空旷处所，从园中望出来就非常难看。当初设计的人为弥补这个缺陷，在门内堆了一座假山，使你身在园中简直看不见那一道门。可见假山的障蔽作用确有它的价值。然而障蔽不一定要用假山。在园林建筑上，花墙极受重视，也为它的障蔽作用。墙上砌成各式各样的镂空图案，透着光，约略看得见隔墙的景物。这种"隔而不隔"的手法，假若使用得适当，比较堆假山作障蔽更有意思。此外，丛树也可以作障蔽之用。修剪得法，一丛树木还可以当一幅画看。用假山，固然使花园增加了曲折和深致，但是也引起了一堆乱石之感。利弊相较，孰轻孰重，正难断言。

依传统说法，假山并不重在真有山林之趣，假山本来是假山。路径的盘曲，层次的繁复，凡是山上所有的景物，如绝壁，危梁，岩洞，石屋，应有尽有，正合"麻雀虽小，五脏俱全"的谚语，在这等地方，显出设计的人的匠心。而假山的可贵也就在此。有名的狮子林，大家都说它了不起，就因为那假山具有上面所说的那些条件。我小时候还没到过狮子林，长辈告诉我说，那里的假山曲折得厉害，两个人同在山上，看也看得见，手也握得着，但是他们要走到一条路上，还得待小半天呢。后来我去了，虽然不至于小半天，走走的确要好些时间。沿着高下屈曲的路径走，一路上遇见些"具体而微"的山上应有的景物。总之是层次多，阻隔多。就从这个诀窍，产生了两个人看得见而不能立刻碰头的效果。要堆这样一座假山当然不是

容易事，不比建筑整整齐齐的房屋，可以预先打好平面和
剖面的图样。这大概是全凭胸中的一点意象，堆上了，看
看不对就卸下，卸下了，想停当了，再堆上，这样精心经
营，直到完工才得休歇。然而不容易的事不一定做成功就
一定具有艺术价值。在芝麻大的一粒象牙上刻一篇《陋室
铭》，难是难极了，可是这东西终于是工匠的制品，无从
列入艺术之林。你在假山上爬来爬去，只觉得前后左右都
是石块，逼窄得很。遇见一些峭壁悬崖，你得设想自己缩
到一只老鼠那样小才有味。如果你忘不了自己是个人，让
躯体跟峭壁悬崖对照，那就像走进了小人国一般，峭壁悬

崖再没有什么气魄，只见得滑稽可笑了。爬到"绝顶"的时候，且不说一览宇宙之大，你总要想来一下宽广的眺望吧。但是糟得很，什么堂什么轩的屋顶就挤在你眼前，你可以辨认那遗留在瓦楞上的雀粪。真山真水若是自然手创的艺术品，假山便是人类的难能而不可贵的"匠"制。凡是可以从真山真水得到的趣味，假山完全没有。

看既没有可看，爬又无甚意趣，为什么花园里总得堆一座假山呢？山不可移。叠起一堆乱石来硬叫它山，石块当然不会提抗议，而主人翁便怡然自得，心里想："万物皆备于我矣，我的花园里甚至有了山。"舒服得无可奈何的人往往喜爱"万物皆备于我"，古董、珍宝、奇花、异卉、美人、声伎，样样都要，岂可独缺名山？堆了假山，虽然眼中所见的到底不是山，而心中总之有了山了，于是并无遗憾。兴到时吟吟诗，填填词，尽不妨夸张一点儿，"苍崖千丈"呀，"云气连山"呀，写上一大套征求吟台酬和，作为消闲的一法。这不过随便揣想罢了，从前的绅富爱堆假山究竟是这个意思不是，当然不能说定。

读《小石潭记》中的几句话

从小读柳子厚的《永州八记》，至今还记得很熟的是下边几句："潭中鱼可百许头，皆若空游无所依。日光下澈，影布石上，怡（yǐ）然不动。俶（chù）尔远逝，往来翕（xī）忽，似与游者相乐。潭西南而望，斗折蛇行，明灭可见。其岸势犬牙差互，不可知其源。"这是《小石潭记》中的语句。《小石潭记》极短，抄在这儿的几句就占了全篇的三分之一。

我们看中山公园、北海公园盆子里的金鱼，杭州玉泉池子里的鲤鱼，都能觉察鱼在水里游。小石潭里的鱼可像空无依傍似的，觉察不出是在水里游。这不就是说潭里有水等于没有水吗？有水等于没有水，潭水清到什么程度可以想见了。

日光照到潭底，潭底石上印着鱼影，呆呆的，一动不动。鱼影一动不动，不是因为"空游"的鱼一动不动吗？明亮的日光，又静止又清澈的潭水，安定的一群鱼，清清楚楚的一幅鱼影画，这些构成个静极了的境界。

忽然间一些鱼飞快地窜往远处，只要一动，一潭的鱼全动了，一会儿游到这儿，一会儿游到那儿。鱼既然全动，可以推想而知，潭水就起了波纹，印在潭底石上的鱼影画就刻刻变化，捉摸不定。这境界跟先前完全不同，是个活泼泼的境界。

无论在静的境界或是动的境界里，鱼都自得其乐，又像挺乐意跟潭上的游人同乐似的。这当然出于作者的想象。所以有这样的想象，在于假设鱼也有心情，从而体会鱼此时此刻的心情。这就是庄子所谓"知鱼之乐"。

通到潭里的那条小溪，左右两岸"犬牙差互"，溪身像北斗七星的位置那样曲折，可见弯曲度相当大。弯曲度大，望过去就"明灭可见"。溪身顺着视线的部分望得见，由于反映着天光云影，所以"明"。溪身跟视线交叉的部分望不见，溪身让横着的岸遮了，望到那儿，光亮就"灭"了。从潭上望小溪，直望到目力不及，只见一段明一段灭，一段明一段灭，这就是"明灭可见"。直望到望不见，明知一明一灭还没有完可见那小溪来路很远，所以说它"斗折蛇行"而"不可知其源"。

潭里的游鱼，弯曲的小溪，在野外走走的人，谁都容易看见。可是看见了不觉得什么，直到读了柳子厚这篇小记，才记起这样的景物曾经见过，的确有些意思，那意思让柳子厚说出来了。也许有人从来没有见过这样的景物，可是读了这几句，仿佛看见了一会儿静一会儿动的一潭鱼，仿佛看见了"斗折蛇行"的一条小溪，觉得在那样的潭边看看鱼，望望远，趣味挺不错。

这些语句何以能引人入胜呢？

大概还得推求到语句形成以前。作者有善于观察的眼光，凭这个眼光去接触景物，得到的印象就不是浮泛的而是深入的。要是拿照相来比方，那不是捧个照相机随便扳一下的一路，而是选景调光都精，能够拍成艺术照片的一路。印象既然是深入的，作者对于组成印象的景物必然认得透彻，感得深切，就没有说不出来写不出来的道理。一般说不出来写不出来的原由，不是在于认识和感受依稀仿佛，含糊朦胧吗？说得出来写得出来的就是语句。这样得来的语句，多少总有作者独到的东西。还有一点，即使不采用诗的形式，其中往往有诗味。

读者通过语句，不但知道作者看见了什么景物，而且在想象中凭作者的眼光接触那景物，得到跟作者的印象几乎相同的印象。作者明白交代的，固然能够真实地感受；作者没有明白交代，可是意在不言中的，也能够亲切地体会。这是何等的乐趣！因此，无论以前见过那景物没有，总觉得境界全新，意味隽（juàn）永。

桡夫子

　　川江里的船，多半用桡（ráo）子。桡子安在船头上，左一支右一支的间隔着。平水里推起来，桡子不见怎么重。推桡子的往往慢条斯理地推着，为的路长，犯不着太上劲，也不该太上劲。据推桡子的说，到了逆势的急水里，桡子就重起来，有时候要上一百斤。这在别人也看得出来，推桡子的把桡子推得那么重，身子前俯后仰的程度加大了。过滩的时候，非使上全身的气力，桡子就推不动。水势是这样的，船的行势是那样的，水那股汹涌的力量全压在桡子上。推桡子的脚蹬着船板，嘴里喊着"咋咋——呵呵呵"，是这些沉重的声音在教船前进呢。过了滩，推桡子的累了，就又慢条斯理的了。这些推桡子的，大家管他们叫"桡夫子"。

　　好些童话里说到永远摇着船的摆渡人，他老在找个替手，从他手里把桨接过去；一摆脱桨，他就飞一样地跑了，再不回头看一看他那摇了那么久的船了。在木船上二十多天，我们天天看桡夫子们做活，不禁想起他们就是童话里说的摆渡人。天天是天刚亮他们就起来卷铺盖。天天是喊号子的一声"喔——喔"，弟兄伙就动手推桡子。天天是推过平水上流水，推过流水又是平水。天天是逢峡过峡，逢滩过滩。天天是三餐干饭。天天是歇力的时候抽一杆旱烟。天天听喊号子的那样唱："哥弟伙，使力推，推上流水好松懈"，"弟兄伙，用力拖，拢到地头有老酒喝。"这样，天天赶拢一个码头。随后，他们喝酒，耍钱，末了在船头上把铺盖打开，就睡在桡子旁边。

那个烧饭的（烧饭的管做饭，看太平舱，是船上的总务，他的工钱比别的桡夫子大）跟我们说起过："到了汉口，随便啥子活路跟我说一个嘛，船上这个饭不好吃。"他说："岸上要看舱，是不是？船漏了是你的责任嘛。"他说："这么点儿钱，哪儿不挣了？"他年纪还轻，人很精灵，想要放下手里的桨，换个新活路。在他看来，除了自己手上的都满不错。

别的桡夫子们，有好几个已经三十多了。一个十六七岁的，上一代也吃船上饭，也是推桡子的。这些人却不想放下手里的桨，都是每天不声不响地提起桡子，按着节拍一下一下推着。他们拿该拿的钱，吃该吃的饭，做该做的活。推船跟干别的活无非为了挣钱，他们干这一行，就吃这一行饭，靠这一行吃饭，永远靠这一行吃饭。"钱是各人各自挣的嘛，做得到哪一门活路，吃得成哪一门饭，未必是说着耍的，随随便便就拿钱给你挣了！"他们这样说。

我们下来的时候，从重庆到宜昌推一趟，每人拿得到四五万元。

在船开动的前一天，就散了一些工资。这是给桡夫子们安家买"捎带"的。"捎带"各人各买，有买川连的，有买炭砖的，有买柴火的，也有买饭箕的。买了各自扛上船，老板有地方给他们安放。老板说："我不得亏待你们，总有钱给你们办'捎带'的。"桡夫子们说："牲钱（工资）拿来有屁用！不办点'捎带'，回来扯不成洋船票，还走不到路呐。"这些"捎带"有赚有蚀。听到底下哪门货色行市，他们就办哪门。也许这已经是几个月前的信息了，也许根本就没有这回事。不过他们总是高高兴兴地把"捎带"办了来，找个顶落位的地方放好，心里想，也许在这上头可以赚一笔大钱呢。

将离

　　跨下电车，便是一阵细且柔的密雨。旋转的风把雨吹着，尽向我身上卷上来。电灯光特别昏暗，火车站的黑影立在深灰色的空中。那边一行街树，枝条像头发似的飘散舞动，萧萧作响。我突然想起：难道特地要叫我难堪，故意先期做起秋容来么！便觉得全身陷在凄怆之中，刚才喝下去的一斤酒在胃里也不大安分起来了。

　　这是我的揣想：天日晴朗的离别胜于风凄雨惨的离别，朝晨午昼的离别胜于傍晚黄昏的离别。虽然一回离别不能二者并试以作比较，虽然这一回的离别还没有来到，我总相信我的揣想是大致不谬的。然而到福州去的轮船照例是十二点光景开的，黄昏的离别是注定的了。像这样入秋渐深，像这样时候吹一阵风洒一阵雨，又安知六天之后的那一夜，不更是风凄雨惨的离别呢？

　　一点东西也不要动：散乱的书册，零星的原稿纸，积着墨汁的水盂（yú），歪斜地摆着的砚（yàn）台……一切保持原来的位置。一点变更也不让有：早上六点起身，吃了早饭，写了一些字，准时到办事的地方去，到晚回家，随便谈话，与小孩胡闹……一切都是平淡的生活。全然没有离别的气氛，还有什么东西会迫紧来？好像没有快要到来的这回事了。

记得上年平伯去国，我们一同在一家旅馆里，明知不到一小时，离别的利刃就要把我们分割开来了。于是一启口一举手都觉得有无形的线把我牵着，又似乎把我浑身捆紧；胸口也闷闷的不大好受。我竭力想摆脱，故意做出没有什么的样子，靠在椅背上，举起杯子喝口茶，又东一句西一句地谈着。然而没有用，只觉得十分勉强，只觉得被

牵被捆被压得越紧罢了。我于是想：离别的气氛既已凝集，再也别想冲决它，它是非把我们拆开来不可的。

现在我只是不让这气氛凝集，希望免受被牵被捆被压的种种纠缠。我又这么痴想，到离去的一刻，最好恰正在沉酣的睡眠里，既泯（mǐn）能想，自无所想。虽然觉醒之后，已经是大海孤轮中的独客，不免引起深深的惆怅；但是最难堪的一关已经闯过，情形便自不同了。

然而这气氛终于会凝集拢来。走进家里，看见才洗而缝好的被袱，衫裤长袍之类也一叠叠地堆在桌子上。这不用问，是我旅程中的同伴了。"偏要这么多事，事已定了，为什么不早点儿收拾好！"我略微烦躁地想。但是必

070

须带走既属事实，随时预备尤见从容，我何忍说出责备的话呢——实在也不该责备，只该感激。

然而我触着这气氛了，而且嗅着它的味道了，与上年在旅馆里感到的正是同一的种类，不过还没有这样浓密而已。我知道它将更渐渐地浓密，犹如西湖上晚来的烟雾；直到最后，它具有一种强大的力量，便会把我一挤；我于是不自主地离开这里了。

我依然谈话，写字，吃东西，躺在藤椅上；但是都有点儿异样，有点儿不自然。

夜来有梦，梦在车站月台旁。霎时火车已到，我急忙把行李提上去，身子也就登上，火车便疾驰而去了。似乎

还有些东西遗留在月台那边，正在检点，就想到遗留的并不是东西，是几个人。很奇怪，我竟不曾向他们说一声"别了"，竟不曾伸出手来给他们；不仅如此，登上火车的时候简直把他们忘了。于是深深地悔恨，怎么能不说一声，握一握手呢！假若说了，握了，究竟是个完满的离别，多少是好。"让我回头去补了吧！让我回头去补了吧！"但是火车不睬我，它喘着气只是向前奔。

这梦里的登程，全忘了月台上的几个人，与我痴心盼望的酣睡时离去，情形正相仿佛。现在梦里的经验告诉我，这只有勾引些悔恨，并不见得比较好些。那么，我又何必做这种痴想呢？然而清醒地说一声握一握的离别，究竟何尝是好受的！

"信要写得勤，要写得详；虽然一班轮船动辄（zhé）要隔三五天，而厚厚的一叠信笺从封套里抽出来，总是独客的欣悦与安慰。"

"未必能够写得怎样勤怎样详吧。久已不干这勾当了；大的小的粗的细的种种事情箭一般地射到身上来，逐一对付已经够受了，知道还有多少坐定下来执笔的工夫与精神！"

离别的滋味假若是酸的，这里又搀入一些苦辛的味道了。

登赐儿山

赐儿山距离张家口市区三里光景。据市文化局所编的《名胜古迹》，这座山海拔一千零五公尺，山上有云泉寺，始建于明朝洪武二十六年（公元一三九三年）。随着山势，高高低低建筑好些殿宇，都不怎么大，石级小道曲折可通。多数殿宇里供奉道教的神像，如果按《封神榜》来指认，该说得清谁是谁。最高的一座殿宇是玉皇殿，就高度说，大约已经超过半山腰。佛教的殿宇，有一座里佛像最多。小小的三间，有塑像，有壁上的画像，三世如来和地藏菩萨在正中，韦驮站在左边，面朝内。我们几个人戏言，他们大概是厉行精简节约，故而大家挤在一块儿。

赐儿山有水洞冰洞，在半山腰石崖下。两个洞真可以说相距咫（zhǐ）尺，可是洞里的情形却全不一样。水洞里泉水下滴，积在洞底，据说有两公尺深，寒冬也不冻结。冰洞里泉水结成冰，上面盖着灰沙，望进去好像铺一块平石板，据说炎夏也不融化。相距那么近，而温凉互异，这是什么道理，可惜没有人给我们作解释。两个洞的前边有两棵大柳树，水洞左上方的石隙中伸出一棵大榆树，相传是元榆明柳。树身那么大，历年那么久，毫无衰老意味，枝叶繁茂，叶色葱绿，给人一种青春盛年的印象。那棵大榆树生根在石隙中，得不到多少土，而能欣欣向荣，尤其奇妙。或许是得到泉水的滋润之故吧。坐在柳荫下，喝水洞里的水沏的茶，其味甘美。张家口市的居民逢到休假的日子，常到这里或是距离市区七里光景的水母宫玩儿。

水洞冰洞果然奇，古老的榆树柳树也值得欣赏，但是在这赐儿山上眺望，还有一种景色叫你喜欢赞叹，想得很远很远。张家口市东北西三面全是山，峰峦重叠，山色越远越淡。我们站在半山腰，远望那些峰峦，全都染上绿

色。那绿色是草吗？不是，是近几年来新栽的树。照原来的计划，全都绿化那些峰峦需要三十多年。照今年的规模，可只要三年，就是说，再加两年工夫，就可以做到全部绿化了。某一座山归某机关负责，某一座山归某学校包下来，全都有了着落。眼前已经是山山有绿意，试想两年以后，不将像江南的山一样地郁郁葱葱吗？这是自古以来没有的事，是破天荒的事。那些峰峦耸起在那里，也说不清经历了多少年，在那么悠久的时间里，哪曾跟树木有过缘分？也不必想到远古的人，只从修筑了长城那时候想起，戍守长城的兵士，进出长城的行旅，历代以来不知有多少人，他们中间谁曾见过那些峰峦上染上绿色，像今天我们所见到的？说真的，我感动极了，不待思索，作成如下一首诗：

迭岭重峰自古然，长城亦复二千年。
望中景色空前史，绿树新栽遍万山。

记游洞庭西山

四月二十三日，我从上海回苏州，王剑三兄要到苏州玩儿，和我同走。苏州实在很少可以玩儿的地方，有些地方他前一回到苏州已经去过了，我只陪他看了可园、沧浪亭、文庙、植园以及顾家的怡园，又在吴苑吃了茶，因为他要尝尝苏州的趣味。二十五日，我们就离开苏州，往太湖中的洞庭西山。

洞庭西山周围一百二十里，山峰重叠。我们的目的地是南面沿湖的石公山。最近看到报上的广告，石公山开了旅馆，我们才决定到那里去。如果没有旅馆，又没有住在山上的熟人，那就食宿都成问题，洞庭西山是去不成的。

上午八点，我们出胥门，到苏福路长途汽车站候车。苏福路从苏州到光福，是商办的，现在还没有全线通车，只能到木渎。八点三刻，汽车到站，开行半点钟就到了木渎，票价两毛。经过了市街，开往洞庭东山的裕商小汽轮正将开行，我们买西山镇夏乡的票，每张五毛。轮行半点钟出胥口，进太湖。以前在无锡鼋头渚，在邓尉还元阁，只是望望太湖罢了，现在可亲身在太湖的波面，左右看望，浑黄的湖波似乎尽量在那里涨起来，远处水接着天，间或界着一线的远岸或是断断续续的远树。晴光照着远近的岛屿，淡蓝、深翠、嫩绿，色彩不一，眼界中就不觉得单调，寂寞。

　　十二点一刻到达西山镇夏乡，我们跟着一批西山人登岸。这里有码头，不像先前经过的站头，登岸得用船摆渡。码头上有人力车，我们不认识去石公山的路，就坐上人力车，每辆六毛。和车夫闲谈，才知道西山只有十辆人力车，一般人往来难得坐的。车在山径中前进，两旁尽是桑树茶树和果木，满眼的苍翠，不常遇见行人，真像到了世外。果木是柿、橘、梅、杨梅、枇杷。梅花开的时候，这里该比邓尉还要出色。杨梅干枝高大，屈伸有姿态，最多画意。下了几回车，翻过了几座不很高的岭，路就围在山腰间，我们差不多可以抚摩左边山坡上那些树木的顶枝。树木以外就是湖面，行到枝叶茂密的地方，湖面给遮没了，但是一会儿又露出来了。

　　十二点三刻，我们到了石公饭店。这是节烈祠的房子，五间带厢房，我们选定靠西的一间地板房，有三张床铺，价两元。节烈祠供奉全西山的节烈妇女，门前一座很大的石牌坊，密密麻麻刻着她们的姓氏。隔壁石公寺，石公山归该寺管领。除开一祠一寺，石公山再没有房屋，惟有树木和山石而已。这里的山石特别玲珑，从前人有评石三字诀叫作"皱、瘦、透"，用来品评这里的山石，大部分可以适用。人家园林中有了几块太湖石，游人就徘徊不忍去，这里却满山的太湖石，而且是生着根的，而且有高和宽都达几十丈的，真可以称大观了。

饭店里只有我们两个客，饭菜没有预备，仅能做一碗开阳蛋汤。一会儿茶房高兴地跑来说，从渔人手里买到了一尾鲫鱼，而且晚饭的菜也有了，一小篮活虾，一尾很大的鲫鱼。问可有酒，有的，本山自制，也叫竹叶青。打一斤来尝尝，味道很清，只嫌薄些。

吃罢午饭，我们出饭店，向左边走，大约百步，到夕光洞。洞中有倒挂的大石，俗名倒挂塔。洞左右壁上刻着明朝人王鏊（áo）所写的"寿"字，笔力雄健。再走百多步，石壁绵延很宽广，题着"联云嶂"三个篆字。高头又有"缥缈云联"四字，清道光间人罗绮的手笔。从这里向下到岸滩，大石平铺，湖波激荡，发出汩（gǔ）汩的声音。对面青青的一带是洞庭东山，看来似乎不很远，但是相距十八里呢。这里叫作明月浦，月明的时候来这里坐坐，确是不错。我们照了相，回到山上，从所谓一线天的裂缝中爬到山顶。转向南往下走，到来鹤亭。下望节烈祠和石公寺的房屋，整齐，小巧，好像展览会中的建筑模型。再往下有翠屏轩。出石公寺向右，经过节烈祠门首，到归云洞。洞中供奉山石雕成的观音像，比人高两尺光景，气度很不坏，可惜装了金，看不出雕凿的手法。石公全山面积一百八十多亩，高七十多丈，不过一座小山罢了，可是山石好，树木多，就见得丘壑幽深，引人入胜。

回饭店休息了一会儿，我们雇一条渔船，看石公南岸的滩面。滩石下面都有空隙，波涛冲进去，作鸿洞的声响，大约和石钟山同一道理。渔人问还想到哪里去，我们指着南面的三山说，如果来得及回来，我们想到那边去。渔人于是张起风帆来。横风，船身向右侧，船舷下水声哗哗哗。不到四十分钟，就到了三山的岸滩。那里很少大石，全是磨洗得没了棱角的碎石片。据说山上很有些殷实的人家，他们备有枪械自卫，子弹埋在岸滩的芦苇丛中，临时取用，只他们自己有数。我们因为时光已晚，来不及到乡村里去，只在岸滩照了几张照片，就迎着落日回船。一个带着三弦的算命先生要往西山去，请求附载，我们答应了。这时候太阳已近地平线，黄水染上淡红，使人起苍茫之感。湖面渐渐升起烟雾，风力比先前有劲，也是横风，船身向左侧，船舷下水声哗哗哗，更见爽利。渔人没事，请算命先生给他的两个男孩子算命。听说两个都生了根，大的一个还有贵人星助命，渔人夫妻两个安慰地笑了。船到石公山，天已全黑。坐船共三小时，付钱一块二毛。饭店里特地为我们点了汽油灯，喝竹叶青，吃鲫鱼和虾仁，还有咸芥菜，味道和白马湖出品不相上下。九时熄灯就寝。听湖上波涛声，好似风过松林，不久就入梦。

二十六日早上六时起身。东南风很大，出门望湖面，皱而暗，随处涌起白浪花。吃过早餐，昨天约定的人力车来了，就离开饭店，食宿小账共计六块多钱。沿昨天来此的原路，我们向镇夏乡而去。淡淡的阳光渐渐透出来，风吹树木，满眼是舞动的新绿。路旁遇见采茶妇女，身上各挂一只篾（miè）篓，满盛采来的茶芽。据说这是今年第二回采摘，一年里头，不过采摘四五回罢了。在镇夏乡寄了信，走不多路，到林屋洞，洞口题"天下第九洞天"六个大字。据说这个洞像房屋那样有三进，第一进人可以直立，第二三进比较低，须得屈身而行。再往里去，直通到湖广。凡有山洞处，往往有类似的传说，当然不足凭信。再走四五里，到成金煤矿，遇见一个姓周的工头，峄县人，和剑三是大同乡，承他告诉我们煤矿的大概，这煤矿本来用土法开采，所出烟煤质地很好，运到近处去销售，每吨价六七块钱，比远来的煤便宜得多。现在这个矿归利民矿业公司经营，占地一万七千亩。目前正在开凿两口井，一口深十六丈，又一口深三十丈，彼此相通。一个月以后开凿成功，就可以用机器采煤了。他又说，西山上除开这里，矿产还很多呢。他四十三岁，和我同年，跑过许多地方，干了二十来年的煤矿，没上过矿业学校，全凭实

际得来的经验，谈吐很爽直，见剑三是同乡，殷勤的情意流露在眉目间。剑三给他照了个相，让他站在他亲自开凿的井旁边。回到镇夏乡正十一点。付人力车价，每辆一块二毛半。在面馆吃了面，买了本山的碧螺春茶叶，上小茶楼喝了两杯茶，向附近的山径散步了一会儿，这才挨到午后两点半。裕商小汽轮靠着码头，我们冒着狂风钻进舱里，行到湖心，颠簸摇荡，仿佛在海洋里。全船的客人不由得闭目垂头，现出困乏的神态。

三种船

　　一连三年没有回苏州去上坟了。今年秋天有点儿空闲，就去上一趟坟。上坟的意思无非是送一点钱给看坟的坟客，让他们知道某家的坟还没有到可以盗卖的地步罢了。上我家的坟得坐船去。苏州人上坟向来大都坐船，天气好，逃出城圈子，在清气充塞的河面上畅快地呼吸一天半天，确是非常舒服的事。这一趟我去，雇的是一条熟识的船。涂着的漆差不多剥光了，窗框歪斜，平板破裂，一副残废的样子。问起船家，果然，这条船几年没有上岸修理了。今年夏季大旱，船只好胶住在浅浅的河浜（bāng）里，哪里还有什么生意，又哪里来钱上岸修理。就是往年，除了春季上坟，船也只有停在码头上迎晓风送夕阳的份儿。近年来到各乡各镇去，都有了小轮船，不然，可以坐绍兴人的"当当船"，也不比小轮船慢，而且价钱都很便宜。如果没有上坟这件事，苏州城里的船恐怕只能劈做柴烧了。而上坟的事大概是要衰落下去的，就像我，已经改变为三年上一趟坟了。

苏州城里的船叫作"快船",与别地的船比起来,实在是并不快的。因为不预备经过什么长江大湖,所以吃水很浅,船底阔而平。除了船头是露天以外,分作头舱、中舱和艄篷三部分。头舱可以搭高,让人站直不至于碰头顶。两旁边各有两把或者三把小巧的靠背交椅,又有小巧的茶几。前檐挂着红绿的明角灯,明角灯又挂着红绿的流苏。踏脚的是广漆的平板,一般是六块,由横的直的木条承着。揭开平板,下面是船家的储藏库。中舱也铺着若干块平板,可是差不多贴着船底,所以从头舱到中舱得跨下一尺多。中舱两旁边是两排小方窗,上面的一排可以吊起来,第二排可以卸去,以便靠着船舷眺望。以前窗子都配上明瓦,或者在拼凑的明瓦中间镶这么一小方玻璃,后来玻璃来得多了,就完全用玻璃。中舱与头舱、艄篷分界处都有六扇书画小屏门,上方下方装在不同的几条槽里,要开要关,只须左右推移。书画大多是金漆的,无非"寒雨连江夜入吴","月落乌啼霜满天"以及梅兰竹菊之类。中舱靠后靠右搁着长板,供客憩坐。如果过夜,只要靠后多拼一两条长板,就可以摊被褥。靠左当窗放一张小方桌,方桌旁边四张小方凳。如果在小方桌上放上圆桌面,十来个人就可以聚餐。靠后靠右的长板以及头舱的平板都是座头，小方凳摆在角落里凑数。末了儿说到艄篷，那是船家整个的天地。艄篷同头舱一样，平板以下还有地位，放着锅灶碗橱以及铺盖衣箱种种东西。揭开一块平板，船家就蹲在那里切肉煮菜。此外是摇橹人站着摇橹的地方。橹左右各一把，每把由两个人服事，一个当橹柄，一个当橹绳。船家如果有小孩，走不来的躺在困桶里，放在翘起的后艄，能够走的就让他在那里爬，拦腰一条绳拴着，系在篷柱上，以防跌到河里去。后艄的一旁露出四条棍子，一顺地斜并着，原来大概是护船的武器，后来转变成装饰品了。全船除着水的部分以外，窗门板柱都用广漆，所以没有其他船上常有的那种难受的桐油气味。广漆的东西容易擦干净，船旁边有的是水，只要船家不懒惰，船就随时可以明亮爽目。

从前，姑奶奶回娘家哩，老太太看望小姐哩，坐轿子嫌吃力，就唤一条快船坐了去。在船里坐得舒服，躺躺也不妨，又可以吃茶，吸水烟，甚至抽大烟。只是城里的河道非常脏，有人家倾弃的垃圾，有染坊里放出来的颜色水，淘米净菜洗衣服涮马桶又都在河旁边干，使河水的颜色和气味变得没有适当的字眼可以形容。有时候还浮着肚皮胀得饱饱的死猫或者死狗的尸体。到了夏天，红里子白里子黄里子的西瓜皮更是洋洋大观。苏州城里河道多，有人就说是东方的威尼斯。威尼斯像这个样子，又何足羡慕呢？这些，在姑奶奶老太太等人是不管的，只要小天地里舒服，以外尽不妨马虎，而且习惯成自然，那就连抬起手来按住鼻子的力气也不用花。城外的河道宽阔清爽得多，到附近的各乡各镇去，或逢春秋好日子游山玩景，以及干那宗法社会里的重要事项——上坟，唤一条快船去当然最为开心。船家做的菜是菜馆比不上的，特称"船菜"。正式的船菜花样繁多，菜以外还有种种点心，一顿吃不完。非正式地做几样也还是精，船家训练有素，出手总不脱船菜的风格。拆穿了说，船菜所以好就在于只准备一席，小镬小锅，做一样是一样，汤水不混和，材料不马虎，自然每样有它的真味，叫人吃完了还觉得馋涎欲滴。倘若船家

进了菜馆里的大厨房，大镬炒虾，大锅煮鸡，那也一定会有坍台的时候的。话得说回来，船菜既然好，坐在船里又安舒，可以眺望，可以谈笑，玩它个夜以继日，于是快船常有求过于供的情形。那时候，游手好闲的苏州人还没有识得"不景气"的字眼，脑子里也没有类似"不景气"的想头，快船就充当了适应时机的幸运儿。

除了做船菜，船家还有一种了不得的本领，就是相骂。相骂如果只会防御，不会进攻，那不算稀奇。三言两语就完，不会像藤蔓似的纠缠不休，也只能算次等角色。纯是常规的语法，不会应用修辞学上的种种变化，那就即使纠缠不休也没有什么精彩。船家与人家相骂起来，对于这三层都能毫无遗憾，当行出色。船在狭窄的河道里行驶，前面有一条乡下人的柴船或者什么船冒冒失失地摇过来，看去也许会碰撞一下，船家就用相骂的口吻进攻了，"你瞎了眼睛吗？这样横冲直撞是不是去赶死？"诸如此类。对方如果有了反响，那就进展到纠缠不休的阶段，索性把摇橹撑篙的手停住了，反复再四地大骂，总之错失全在对方，所以自己的愤怒是不可遏（è）制的。然而很少骂到动武，他们认为男人盘辫子女人扭胸脯不属于相骂的范围。这当儿，你得欣赏他们的修辞的才能。要举例子，一时可记不起来，但是在听到他们那些话语的时候，你一定会想，从没有想到话语可以这么说的，然而唯有这么说，才可以包含怨恨、刻毒、傲慢、鄙薄种种成分。编辑人生地理教科书的学者只怕没有想到吧，苏州城里的河道养成了船家相骂的本领。

他们的摇船技术是在城里的河道训练成功的，所以长处在于能小心谨慎，船与船擦身而过，彼此绝不碰撞。到了城外去，遇到逆风固然也会拉纤，遇到顺风固然也会张一扇小巧的布篷，可是比起别种船上的驾驶人来，那就不成话了。他们敢于拉纤或者张篷的时候，风一定不很大，如果真个遇到大风，他们就小心谨慎地回复你，今天去不成。譬如我去上坟必须经过石湖，虽然吴瞿安先生曾作诗说石湖"天风浪浪"什么什么以及"群山为我皆低昂"，实在是个并不怎么阔大的湖面，旁边只有一座很小的上方山，每年阴历八月十八，许多女巫都要上山去烧香的。船家一听说要过石湖就抬起头来看天，看有没有起风的意思。到进了石湖的时候，脸色不免紧张起来，说笑都停止了。听得船头略微有汩汩的声音，就轻轻地互相警戒："浪头！浪头！"有一年我家去上坟，风在十点过后大起来，船家不好说回转去，就坚持着不过石湖。这一回难为了我们的腿，来回跑了二十里光景才上成了坟。

现在来说绍兴人的"当当船"。那种船上备着一面小铜锣，开船的时候就当当当当敲起来，算是信号，中途经过市镇，又当当当当敲起来，招呼乘客，因此得了这奇怪的名称。我小时候，苏州地方没有那种船。什么时候开头有的，我也说不上来。直到我到甪直去当教师，才与那种船有了缘。船停泊在城外，据传闻，是与原有的航船有过一番斗争的。航船见它来抢生意，不免设法阻止。但是"当当船"的船夫只知道硬干，你要阻止他们，他们就与你打。大概交过了几回手吧，航船夫知道自己不是那些绍兴人的敌手，也就只好用鄙夷的眼光看他们在水面上来去自由了。中间有没有立案呀登记呀这些手续，我可不清楚，总之那些绍兴人用腕力开辟了航线是事实。我们有一句话，"麻雀豆腐绍兴人"，意思是说有麻雀豆腐的地方也就有绍兴人，绍兴人与麻雀豆腐一样普遍于各地。试把

"当当船"与航船比较，就可以证明绍兴人是生存斗争里的好角色，他们与麻雀豆腐一样普遍于各地，自有所以然的原因。这看了后文就知道，且让我把"当当船"的体制叙述一番。

"当当船"属于"乌篷船"的系统，方头，翘尾巴，穹形篷，横里只够两个人并排坐，所以船身特别见得长。船旁涂着绿釉，底部却涂红釉，轻载的时候，一道红色露出水面，与绿色作强烈的对照。篷纯黑色。舵或红或绿，不用，就倒插在船艄，上面歪歪斜斜标明所经乡镇的名称，大多用白色。全船的材料很粗陋，制作也将就，只要河水不至于灌进船里就成，横一条木条，竖一块木板，像破衣服上的补缀一样，那是不在乎的。我们上旁的船，总是从船头走进舱里去。上"当当船"可不然，我们常常踩着船边，从推开的两截穹形篷中间把身子挨进舱里去，这样见得爽快。大家既然不欢喜钻舱门，船夫有人家托运的货品就堆在那里，索性把舱门堵塞了。可是踩船边很要当心。西湖划子的活动不稳定，到过杭州的人一定有数，"当当船"比西湖划子大不了多少，它的活动不稳定也与西湖划子不相上下。你得迎着势，让重心落在踩着船边的那只脚上，然后另一只脚轻轻伸下去，点着舱里铺着的平板。进了舱你就得坐下来。两旁靠船边搁着又狭又薄的长板就是座位，这高出铺着的平板不过一尺光景，所以你坐下来就得耸起你的两个膝盖，如果对面也有人，那就实做"促膝"了。背心可以靠在船篷上，躯干最好不要挺直，挺直了头触着篷顶，你不免要起局促之感。先到的人大多坐在推开的两截穹形篷的空当里，这里虽然是出入要道，时时有偏过身子让人家的麻烦，却是个优越的位置，透气，看得见沿途的景物，又可以轮流把两臂搁在船边，舒散舒散久坐的困倦。然而遇到风雨或者极冷的天气，船篷必须拉拢来，那位置也就无所谓优越，大家一律平等，埋

没在含有恶浊气味的阴暗里。

"当当船"的船夫差不多没有四十以上的人，身体都强健，不懂得爱惜力气，一开船就拼命划。五个人分两边站在高高翘起的船艄上，每人管一把橹，一手当橹柄，一手当橹绳。那橹很长，比旁的船上的橹来得轻薄。当推出橹柄去的时候，他们的上身也冲了出去，似乎要跌到河里去的模样。接着把橹柄挽回来，他们的身子就往后顿，仿佛要坐下来似的。五把橹在水里这样强力地划动，船身就飞快地前进了。有时在船头加一把桨，一个人背心向前坐着，把它扳动，那自然又增加了速率。只听得河水活活地向后流去，奏着轻快的调子。船夫一壁划船，一壁随口唱绍兴戏，或者互相说笑，有猥亵的性谈，有绍兴风味的幽默谐语，因此，他们就忘记了疲劳，而旅客也得到了解闷的好资料。他们又喜欢与旁的船竞赛，看见前面有一条什么船，船家摇船似乎很努力，他们中间一个人发出号令说"追过它"，其余几个人立即同意，推呀挽呀分外用力，身子一会儿冲出去，一会儿倒仰过来，好像忽然发了狂。不多时果然把前面的船追过了，他们才哈哈大笑，庆贺自己的胜利，同时回复到原先的速率。由于他们划得快，比较性急的人都欢喜坐他们的船，譬如从苏州到角直是"四九路"（三十六里），同样地划，航船要六个钟头，"当当船"只要四个钟头，早两个钟头上岸，即使不想赶做什么事，身体究竟少受些拘束，何况船价同样是一百四十文，十四个铜板。（这是十五年前的价钱，现在总该增加了。）

风顺，"当当船"当然也张风篷。风篷是破衣服、旧挽联、干面袋等等材料拼凑起来的，形式大多近乎正方。因为船身不大，就见得篷幅特别大，有点儿不相称。篷杆竖在船头舱门的地位，是一根并不怎么粗的竹头，风越大，篷杆越弯，把袋满了风的风篷挑出在船的一边。这当儿，船的前进自然更快，听着哗哗的水声，仿佛坐了摩托船。但是胆子小点儿的人就不免惊慌，因为船的两边不平，低的一边几乎齐水面，波浪大，时时有水花从舱篷的缝里泼进来。如果坐在低的一边，身体被动地向后靠着，谁也会想到船一翻自己就最先落水。坐在高的一边更得费力气，要把两条腿伸直，两只脚踩紧在平板上，才不至于脱离座位，跌扑到对面的人的身上去。有时候风从横里来，他们也张风篷，一会儿篷在左边，一会儿调到右边，让船在河面上尽画曲线。于是船的两边轮流地一高一低，旅客就好比在那里坐幼稚园里的跷跷板，"这生活可难受"，有些人这样暗自叫苦。然而"当当船"很少失事，风势真个不对，那些船夫还有硬干的办法。有一回我到甪直去，风很大，饱满的风篷几乎蘸着水面，虽然天气不好，因为船行非常快，旅客都觉得高兴，后来进了吴淞江，那里江面很阔，船沿着"上风头"的一边前进。忽然呼呼地吹来更猛烈的几阵风，风篷着了湿重又离开水面。旅客连"哎哟"都喊不出来，只把两只手紧紧地支撑着舱篷或者坐身的木板。扑通，扑通，三四个船夫跳到水里去了。他们一齐扳住船的高起的一边，待留在船上的船夫把风篷落下来，他们才水淋淋地爬上船艄，湿了的衣服也不脱，拿起橹来就拼命地划。

说到航船，凡是摇船的跟坐船的差不多都有一种哲学，就是"反正总是一个到"主义。反正总是一个到，要紧做什么？到了也没有烧到眉毛上来的事，慢点儿也没啥。所以，船夫大多衔着一根一尺多长的烟管，闭上眼

睛，偶尔想到才吸一口，一管吸完了，慢吞吞捻了烟丝装上去，再吸第二管。正同"当当船"相反，他们中间很少四十以下的人。烟吸畅了，才起来理一理篷索，泡一壶公众的茶。可不要当作就要开船了，他们还得坐下来谈闲天。直到专门给人家送信带东西的"担子"回了船，那才有点儿希望。好在坐船的客人也不要不紧，隔十多分钟二三十分钟来一个两个，下了船重又上岸，买点心哩，吃一开茶哩，又是十分或一刻。有些人买了烧酒豆腐干花生米来，预备一路独酌。有些人并没有买什么，可是带了一张源源不绝的嘴，还没有坐定就乱攀谈，挑选相当的对手。在他们，迟些到实在不算一回事，就是不到又何妨。坐惯了轮船火车的人去坐航船，先得做一番养性的功夫，不然，这种阴阳怪气的旅行，至少会有三天的闷闷不乐。

　　航船比"当当船"大得多，船身开阔，舱作方形，木制，不像"当当船"那样只用芦席。艄篷也宽大，雨落太阳晒，船夫都得到遮掩。头舱、中舱是旅客的区域。头舱要盘膝而坐。中舱横搁着一条条长板，坐在板上，小腿可以垂直。但是中舱有的时候要装货，豆饼菜油之类装满在长板下面，旅客也只得搁起了腿坐了。窗是一块块的板，要开就得卸去，不卸就得关上。通常两旁各开一扇，所以坐在舱里那种气味未免有点儿难受。坐得无聊，如果回转头去看艄篷里那几个老头子摇船，就会觉得自己的无聊才真是无聊。他们一推一挽距离很小，仿佛全然不用力气，两只眼睛茫然望着岸边，这样地过了不知多少年月，把踏脚的板都踏出脚印来了，可是他们似乎没有什么无聊，每天还是走那老路，连一棵草一块石头都熟识了的路。两相比较，坐一趟船慢一点儿闷一点儿又算得什么。坐航船要快，只有巴望顺风。篷杆竖在头舱与中舱之间，一根又粗又长的木头。风篷极大，直拉到杆顶，有许多竹头横撑着，吃了风，巍然地推进，很有点儿气派。风最大的日子，苏州到甪直三点半钟就吹到了。但是旅客究竟是"反正总是一个到"主义者，虽然嘴里嚷着"今天难得"，另一方面却似乎嫌风太大船太快了，跨上岸去，脸上不免带点儿怅然的神色。遇到顶头逆风航船就停班，不像"当当船"那样无论如何总得用人力去拼。客人走到码头上，看见孤零零的一条船停在那里，半个人影儿也没有，知道是停班，就若无其事地回转身。风总有停的日子，那么航船总有开的日子。忙于寄信的我可不能这样安静，每逢校工把发出的信退回来，说今天航船不开，就得担受整天的不舒服。

黄山三天

　　我游黄山只有三天，真用得上"窥豹一斑"那个成语。可是我还是要写这篇简略的游记，目的在劝人家去游。有心研究植物的可以去。我虽然说不清楚，可是知道植物种类一定很多。山高将近两千公尺，从下层到最高处该可以把植物分成几个主要的族类来研究。研究地质矿石的也可以去。谁要是喜欢爬山翻岭，锻炼体力和意志，那么黄山真是个理想的地方。那么多的山峰尽够你爬的，有几处相当险，需要你付出十二分的小心，满身的大汗。可是你也随时得到报酬，站在一个新的地点，先前见过的那些山峰又有新的姿态了。就说不为以上说的那些目的，光到那里去看看大自然，山啊，云啊，树木啊，流泉啊，也可以开开眼界，宽宽胸襟，未尝没有好处。

　　从杭州依杭徽公路到黄山大约三百公里。公共汽车可以到黄山南边脚下的汤口，小包车可以再上去一点儿，到温泉。温泉那里有旅馆。由上靠北边的狮子林那里也有旅馆。山上中部偏南的文殊院原来可以留宿，一九五二年烧

毁了，现在就文殊院原址建筑旅馆，年内可以完工。住狮子林便于游黄山的北部和西部，住文殊院便于游中部，主要是天都峰和莲花峰。

上山下山的路上全都铺石级，宽的五六尺，窄的不到三尺。路在裸露的大石上通过，就凿石成级。大石面要是斜度大，凿成的石级就非常陡，旁边或者装一道石栏或者拦一条铁索。山泉时时渗出，石上潮湿，路旁边又往往是直下绝壁，这样的防备是必要的。

现在约略说一说我们所到的几处地方。写游记最难叫读者弄清楚位置和方向，前啊，后啊，左啊，右啊，说上一大堆，读者还是捉摸不定。我想把它说清楚，恐怕未必真能办到。我们所到的地点，温泉最南，狮子林最北，这两处几乎正直。我们走的东路，先到温泉东边的苦竹溪，在那里上山。一路取西北方向，好比是直角三角形的一条弦，经过九龙瀑、云谷寺，最后到狮子林住宿，那里的高度大约一千七百公尺。这段路据说是三十多里。第二天下了一天的雨，旅馆楼窗外一片白茫茫，什么都看不见。台阶前几棵松树，有时只显出朦胧的影子，有时也完全看不见。偶尔开门，雾气就卷进屋来。当然没法游览了，只好守在小楼上听雨。第三天放晴，我们登了狮子林背面的清凉台，又登了狮子林偏东南的始信峰，然后大体上向南走，到了光明顶。在这两三个钟点内，我们饱看了"云海"。有些游客在山上守了好几天，要看"云海"，终于没看成，快快而下。我们不存一定要看到的想头，却碰巧看到了。在光明顶南望天都峰和莲花峰，天都在东，莲花在西，两峰之间就是文殊院。从前有人说天都最高，有人说莲花最高，据说最近实测，光明顶最高。

那里正在建筑房屋，准备测量气象的人员在那里经常工作。我们绕过莲花峰的西半边到文殊院，又绕过天都峰的西南脚，一路而下，回到温泉。说绕过，可见这段路的方向时时改变，可是大体上还是向南。从狮子林曲折向南，回到温泉，据说也是三十多里。我们所到的只是黄山东半边靠南的部分，整个黄山究竟有多大，我没有参考什么图籍，说不上。

以下就前一节提到的分别记一点儿。

九龙瀑曲折而下，共九截，第二截最长。形式很有致，可惜瘦些。山泉大的时候，应该更可观。附带说一说人字瀑。人字瀑在温泉旅馆那儿。高处山泉流到大石壁的顶部，分为左右两道，沿着石壁的边缘泻下，约略像个人字。也嫌瘦，瘦了就减少了瀑布的意味。

云谷寺没有寺了，只留寺基。台阶前有一棵异萝松，说是树上长着两种不同形状的叶子。我们仔细察看，只见一枝上长着长圆形的小叶子，跟绝大部分的叶子不同。就绝大部分的叶子形状和翠绿色看来，那该是柏树，不知道为什么叫它松，年纪总有几百岁了。

清凉台和始信峰的顶部都是稍微向外突出的悬崖，下边是树木茂密的深壑。站脚处很窄，只能容七八个人，要不是有石栏杆，站在那儿不免要心慌。如果风力猛，恐怕也不容易站稳。文殊院前边的文殊台比较宽阔些，可是靠南突出的东西两块大石，顶部凿平，留着边缘作自然的栏杆，那地位更窄了，只能容两三个人。光明顶虽是黄山最高处，却比较开阔平坦，到那里就像在平地上走一样。

我们就在前边说的几处地方看"云海"。望出去全是云，大体上可以说铺平，可是分别开来看，这边荡漾着又细又缓的波纹，那边却涌起汹涌澎湃的浪头，千姿万态，尽够你作种种想象。所有的山全没在云底下，只有几座高峰露顶，作暗绿色，暗到几乎黑，那自然可以想象作海上的小岛。

在光明顶看天都峰和莲花峰，因为是平视，看得最清楚。就岩石的纹理看，用中国画的术语就是就岩石的皴法看，这两个峰显然不同。天都峰几乎全都是垂直线条，所有线条排得相当密，引起我们一种高耸挺拔的感觉。莲花峰的岩石大略成莲花瓣的形状，一瓣瓣堆叠得相当整齐，就整个峰看，我们想象到一朵初开的莲花。莲花峰这个名称不知道是

谁给取的，居然形容得那么切当。

前边说我们绕过莲花峰的西半边到文殊院，这条路很不容易走。道上要经过鳌鱼背。鳌鱼背是巨大的岩石，中部高起，坡度相当大。凿在岩石上的石级又陡又窄，右手边望下去是绝壁。下了鳌鱼背穿过鳌鱼洞，那是个天然的洞，从前人修山路就从洞里通过去。出了洞还得爬上百步云梯，又是很陡很险的石级。这才到达文殊院。

从文殊院绕过天都峰的西南脚，这条路也不容易走。极窄的路介在石壁之间，石壁渗水，石级潮湿，立脚不稳就会滑倒。有几处石壁倾斜，跟对面的石壁构成个不完整的山洞，几乎碰着我们的头顶，我们就非弓着身子走不可。

走完了这段路，我们抬头望爬上天都峰的路，陡极了，大部分有铁链条作栏杆。我们本来不准备上去，望望也够了。据说将要到峰顶的时候有一段路叫鲫鱼背，那是很窄的一段山脊，只容一个人过，两边都没依傍，地势又那么高，心脏不强健的人是决不敢过的。一阵雾气浮过，顶峰完全显露，我们望见了鲫鱼背，那里也有铁链条。我想，既然有铁链条，大概我也能过去。

我们也没上莲花峰。听说登莲花峰顶要穿过几个洞，像穿过藕孔似的。山峰既然比作莲花，山洞自然联想到藕孔了。

现在说一说温泉。我到过的温泉不多，只有福州、重庆、临潼（tóng）几处。那几处都有硫磺味，黄山的温泉却没有。就温度说，比那几处都高些，可也并不热得叫人不敢下去。池子是小石粒铺底，起沙滤作用，因而水经常澄清。坐在池子里的石块上，全身浸在水里，只露出个脑袋，伸伸胳膊，擦擦胸脯，温热的感觉遍布全身，舒畅极了。这个温泉的温度据说自然能调节，天热的时候凉些，天凉的时候热些。我想这或许是由于人的感觉，泉水的温度跟大气的温度相比，就见得凉些热些了。这个猜想对不对，不敢断定。

我们在狮子林宿两宵，都盖两条被。听雨那一天留心看寒暑表，清早是华氏六十度，后来升到六十二度。那一天是八月二十九日。三十一日回到杭州，西湖边是八十六度。黄山上半部每年三月底四月初还可能下雪，十一月间就让冰雪封了。最适宜上去游览的当然是夏季。

游临潼

那一天天气晴朗。上午九点过，我们出西安城往临潼。临潼是西安人游息的处所。逢到休假的日子，到那里去洗一个澡，爬一回山，眺望渭河和田野，精神舒快，回来做工作格外有劲儿。

经过浐（chǎn）河和灞（bà）河，浐河上跨着浐桥，灞河上跨着灞桥。灞河灞桥都有名。沛公入关，驻军灞上。唐朝人送出京东去的直送到灞桥，在那里设饯，折柳赠别，以灞桥为题材的送行诗也不知道有几多首。浐河比较小，灞河可宽大，虽然秋季水落，靠两边露出了沉沙，浩荡的气势还是很显然。桥是平铺的，一列的方桥墩，一个个的方桥洞，汽车、大车、行人都在桥上过。岸边有些柳树，并不是倒垂拂地的那一种，也许唐朝人所折的柳跟这个不同吧。

从灞桥柳树想起《紫钗记》传奇里的那出《折柳》。霍小玉就在这里送李益，情意缠绵，难舍难分，说灞桥"分明是一座销魂桥"。可是汤玉茗更改了《霍小玉传》的情节，让李益往河西参军，往河西怎么倒朝东走？这与其说是作者的小小疏忽，不如说他舍不得灞桥折柳的故事，定要拿来做他传奇的节目。反正像作画一样，花无正色鸟无名，只要取个意思就成，既是传奇里的动人场面，又何必核实方位，究东问西呢？

在右手边望见一座新建筑，矗起个又高又大的烟囱，形式简净明快，大玻璃窗一排上头又是一排。铁路的支线跟公路交叉，横过去直通到新建筑那里。那是西安第二发电厂，去年十一月间开的工，不到一年工夫，今年十月九日已经举行了庆祝落成发电的剪彩典礼。最新式的设计，最新式的机器，最先进的技术，机械化、自动化达到了很高的程度。厂里现有的设备全部开动起来，发电量等于西安第一发电厂的两倍。在今后的两三年内，西安、咸阳地区的工业生产用电和城市居民用电就可以充分供应了。

两旁地里的小道上三三两两有人在走动，都会合到公路上来。老汉衔着旱烟管。老太太带着小孙女儿，手里拄着拐杖，可是脚步挺轻爽。壮年男子跑得热了，簇新的青布棉短褂搭在肩上。年轻妇女当然爱打扮，无论留发的剪发的都把头发梳得整整齐齐的，有些个留发的还在发髻旁边插朵菊花。他们大都有说有笑的，瞧那神气好像赴什么宴会。

不但会合到公路上来的行人越来越多，看，大车也不少呢。一辆大车往往挤着一二十人，偏着身子，挨着肩膀，有些人两条腿挂在车沿，那么一颠一荡地按着韵律前进。骡子拉着重载本来跑得慢，又因出身在乡间，跟汽车还有些生分，见我们的汽车赶过去，它索性停了步。于是赶车的老乡下来遮住骡子的视线，我们的汽车也开得挺慢，那么轻轻悄悄地蹑过去。

打听之后才知道斜口逢集，这些人大都是赶集来的。我们停车去看看。经过一条小道，从一排房子的后面抄过去就是斜口。铺子前面一些摊子已经摆得端端正正了——卖东西的到得早。菜蔬、布匹、饮食、杂用零件，陈设跟一般市集差不多。需要东西的人这边看一看，那边挑些合用的什么，或者坐下来吃一碗泡馍，几乎可以说摩肩接踉，颇有一番热烘烘的景象。市梢头陈列着许多木柜子和门窗槅扇，全是木工的手制品。秋收差不多了，农民们添置个新柜子储藏家用东西，或者买些现成的门窗槅扇把房子刷新一下，这也是改善生活的要求，料想四年以前的市集该不会有这些东西吧。

十点半到临潼。并不进临潼县城，径到华清池。这一带树木比一路上繁茂，苍翠成林。仰望骊山不怎么高，可是有丘壑，有丘壑就有姿致，绿树红叶跟山石配合，俨然入画。从前唐明皇在这里修华清宫，周围起些公卿的邸宅，不致孤单寂寞，于是在华清池洗洗温泉澡，在长生殿跟杨玉环起个鹣（jiān）鹣鲽（dié）鲽的恩爱誓。就享乐方面说，他可真是个老在行。

现在所谓华清池是个紧靠着骊山的花园布置。纯粹中国式，有假山、回廊、花栏、荷池、小桥，亭馆全用彩橼，当然，浴室也包括在里头。花栏里菊花、西番莲、美人蕉开得正有劲儿，还有些粉红的大型月季——这时候还开月季，可见地气之暖。荷池里只剩荷梗了，几只鸭悠然浮在池面。这池水是从温泉引过来的，因而想起"春江水暖鸭先知"的诗句。

我们不急于洗澡，先去爬山。目的在看西安事变那时候蒋介石躲藏的处所。从华清池右边上山。土坡缓缓地屈曲地往上延伸。路不算窄，大概可以并行两辆汽车，是新修的。路旁边栽些槐树。将近半山腰才是比较陡的石级，登完石级就到捉蒋亭。亭子后面朝石壁。亭子里正面上方题一段文字，叙述西安事变前后经过的大略情形。两三个老乡为游人指点蒋介石躲藏处，其说不一。一个说亭子后面那石壁稍微凹进去像个洞子，那夜晚蒋就像耗子似的躲在里头。一个说他还想往上逃，不知是光脚底跑破了还是挫伤了腰，再也跑不动，只好闪在右手边那块岩石的侧边。听起来总不离这一带石壁。为了掩饰蒋的丑，国民党反动派就在这里修个亭子，取名叫"正气亭"。正气，这是文天祥用来题他的诗歌的，反动派可窃取珍贵的珠花往癞子脑壳上插戴。单是这个冒用美名的罪名，他们就十恶不赦。不过反动派全惯于搞这一套，你看，帝国主义者不是总把他们那些个乌烟瘴气的国度叫作"自由世界"吗？解放以后，据实定名，亭子叫"捉蒋亭"，连同亭子里的那段文字，可以让游人知道个真情实况。

坐在捉蒋亭的台阶上休息，朝北望去，眼界宽阔极了。明蓝的晴空无边无际。渭河和它的支流界划着远处的平原，安安静静的。近处这里那里一丛丛的树林。地里差不多全种菜蔬，特别肥美，嫩绿浓绿都像起绒似的。通常说锦绣河山，这眼前的景物可真是一幅货真价实的锦绣。

下山吃过饭，在华清池旁边一家小茶馆前喝茶。帆布躺榻，矮矮的桌子，有成都茶馆的风味。茶馆老板是个爱说话的人，偶然问他几句，他就粘在那里舍不得走开。他指着半山腰的捉蒋亭，说当年捉住了蒋介石送西安，就在茶馆门前上的车——穿的单衫，一位弟兄好意，给他穿了件棉军衣。他说："蒋介石这副形容去西安，来的时候可神气呢。一路上两旁布岗位，比电线杆子密得多，上刺刀的枪横在腰间，脸全朝外，他在汽车里只看他们的后脑勺。地里做活的全都让他给赶回去。不问你的活放得下手放不下手。不用说，我们这些小铺子也非关门不可，你得做一天吃一天，那是你的事，他不管。"

摹仿了几声枪响之后，茶馆老板接着说："我想，他们准是开会谈不拢，闹翻了。亏得他们闹翻，我这小铺子才得就开门。要是他住在这里过个冬，我怎办？……后来他还来过一趟，照样布岗位，照样赶地里做活的回去，叫铺子关门。他穿一件长袍子，抬起尖下巴朝山上望了一会儿，不知道他想些什么。不多久汽车就开走了……"

茶馆附近有两个水果摊子，带卖菜蔬。曾听说临潼石榴有名，我们就买石榴。摆摊子问要酸的还是甜的。我们说当然要甜的。可是一问价钱，酸的贵一倍。什么道理呢？茶馆老板又有话说了。他说酸石榴什么病都治，妇道人家尤其爱吃。大概病人胃口不好，什么都没味，吃些酸东西倒有爽利的感觉，那是真的。说什么病都治，未免夸张过分了。至于多数妇女爱吃酸是实情，恐怕是生理的关系，不大清楚。我们反正不生病，还是买了甜的，确然甜。

摊子上还有苹果和柿子。柿子分两种。一种是大型的，朱红色，各地常见。一种是小型的，大红色，近似苏州的"金钵盂"和杭州的"火柿儿"。这种小型的柿子在西安市上见过，没注意，这回可注意了，因为联想到苏州的金钵盂。我从小不爱吃那朱红色的大型柿，生一些的，涩味巴着舌头固然难受，熟透了的，那甜味也怪腻，没有鲜洁之感。我只爱吃金钵盂。自从离开了苏州，经常遇见那些大型的，我从来不想拿一个来尝尝，可以说跟柿子绝缘了。现在看见这近似金钵盂的小型柿，不由得回忆起幼年的嗜好。捡一个熟透了的，轻轻地撕去表面那一层大红色的衣，露出朱红色的内皮，还是个柿子的形状，送到嘴里，甜得鲜洁，跟金钵盂一个样，而且没有硬核——金钵盂有硬核，或多或少。这种柿子是临潼的特产，名叫火柿，跟杭州相同。

临潼的菜蔬，白菜、花菜都好，韭黄尤其有名，在西安都吃过了。菜大都肥嫩，咀嚼起来没有骨子，很和润地咽下去。韭黄爽脆极了，咀嚼的时候起一种快感，汁水有些儿甜味，几乎没有那股臭气，吃过之后口齿间又绝不发腻。

茶馆的右手边就是公共浴池。温泉养成了临潼人勤洗澡的习惯，应该有公共浴池满足大众的需要。分男的和女的，都在屋子里，规定每天开闭的时间。我们去看男浴池。一股热气，比澡堂子里的大池子大。屋内光线不太强，可是看得清池水是清澈的。十来个近乎酱赤色的光身子泡在池水里，有几个只透出个脑袋。池沿上也有十来个人，正在擦呀抹的。

于是我们重入华清池。那一天不是星期日，

等了大约一刻钟工夫就轮到我们洗澡了，据说星期日买了票等两三个钟头是常事。华清池内也有大池子，浴室分单人的、双人的，还有一间四个人的，美其名曰"贵妃池"。我和三位朋友挑了贵妃池。

池作长方形，周围全砌白瓷砖。一边一个台阶，没在水里，供洗澡的坐。不坐那台阶而坐在池底，水面齐脖子，四个人的手脚都可以自由舒展，不至于互相碰撞。水清极了，温度比福州的温泉和重庆的南温泉、北温泉似乎都高些（我只洗过这三处温泉），可是不嫌其烫。论洗澡是大池子好，你可以舒臂伸腿，转动身躯，让热水轻轻地摩擦你周身的皮肤，同时你享受一种游泳似的快感。在澡盆子里洗差多了，你只能直僵僵地躺在里头让热水泡着，两边紧紧地挨着，不免有些压迫之感。这贵妃池虽然不及大池子宽广，也尽够自由活动了。我们足足洗了三十分钟，轻松舒快，身上好像剥去了一层壳似的。起来之后倒茶壶里的水尝尝。那是煮过的温泉水，清淡，没有什么矿质的气味。

澡洗过了，到夜还有两点来钟，我们去看秦始皇墓。起先车顺着公路开，后来转入田地间的小道。一路上多的是柿子树，柿子承着斜阳显得更鲜明。没有二十分钟工夫就到了秦始皇墓下。那是个极大的土堆，据说地盘有四百亩，原先还要大得多。大略有些像金字塔，缓缓地斜上去，除了土面的草而外，什么也没有。骊山默默地衬托在背面。这一面山上红叶特别多，山容比华清池那边望见的似乎更好看。从墓顶往下望，平原上红柿子宛如秋夜的星星，洋洋大观。听说春天是一片桃花和杏花。

秦始皇墓让古来所谓"发冢"的发掘过好多回了，按《高祖本纪》的记载，项羽是头一个。他们的目的无非在盗些宝物。往后在研究古代文物的整个计划之下，这座陵墓该来一回科学的发掘。前些日子在西安的《群众日报》上看见一位先生的文章，说这一带农家常常捡到古砖，又掘到过埋在地下的古时的排水管，发现过还看得清形制的建筑结构，等等。猜想起来，发掘该不会一无所获，或许竟大有所获，使历史家、考古家高兴得不得了，互相庆幸又得到了可贵的新资料。当然，这只是外行人的想头，未必有价值。——再说句外行话，要是古代通行了火葬，不搞什么坟墓，现代的历史家、考古家至少要短少一大宗重要的凭借吧。

上了车，在小道上开行，忽听当的一声。以为小石子打在钢板上，没有事。可是回头一看，小道上画了很长的一条，是乌绿的机油。车底盛机油的部分破了。于是停车，司机仰着身子钻到车底下去检查，站起来的时候是两泡眼泪，一只手尽拍前额，几乎哭出声来。小道中间高两边低，车底当然接近些地面，车轮子滚过，小石子当然要蹦起来，完全没有理由怪到他，可是爱护公共财物的观念叫他淌了眼泪。

大家说有什么哭的，想办法要紧。吉普车的那司机说机油漏光了，花生油什么的可以代替，油箱的窟窿呢，塞一把土，拿布裹一裹，拴一下，就成了。——听那司机说办法，我立刻想起在巫山下经历的事。那一年冬天从重庆东归，飞机、轮船全没份，我们六十多人雇了两条木船。一天黄昏时分歇碚石，拢岸了，一条木船触着江边的石头，船侧边一个窟窿，饭碗那么大。那时候的惊慌情状不必细说，幸而没有事，只灌湿了好些箱笼书籍。你知道管船的怎么修补那穿了窟窿的破船？一大碗饭，拿块不知从哪里撕下来的布一裹，往窟窿里一塞，再钉上块木板，第二天早晨就照常开船了。急救治疗就有那么一手。

两个司机作急救治疗去了，我们跟几个农民商量油的事情。农民们说村里各家去问问，大家凑一些，不过要六七斤怕凑不齐。一会儿村干部也来了，问明白之后说：

"总得想办法，保证你们今夜晚回西安。"

太阳落下去了，道旁场上有个四十来岁的农民在收晒在那里的棉花，一大把一大把地往筐子里塞。我们跟他攀谈，不免问长问短，最后请他说说今昔的比较。他把手在筐子边上一按，似笑非笑地说："从前吗，搞出来的东西人家给拿走了，人还不得留在家里。现在搞出来的是自家的了，人也能安安心心地留在家里了。"

他这个话多么简括，说出了最主要的。在今年，他那"自家的"里头包括新盖的房子，新买的一头小牛——他那村子里有八家盖了新房子呢。真的事实，亲身的体会，什么道理都容易搞明白，搞得明白自然能够简括地扼要地说出来。在社会主义改造完成之后，就是这个农民，今天在这里一大把一大把往筐子里塞棉花的，他一定会说："从前吗，一家人勤勤恳恳地搞，可是搞不怎么多，比工人老大哥差得远。现在大伙儿合起来搞，比从前好多了，我们跟得上工人老大哥了！"

凑来的油灌好，汽车开动，已经七点多了。月亮还没升起来，车窗外的景物都成了剪影。老远就望见西安第二发电厂烟囱高头极亮的红灯，那是航空的安全设备。

在西安看的戏

住西安不满二十天，倒看了八回戏，易俗社两回，香玉剧社两回，尚友社、西北歌舞剧团、郿（méi）鄠（hù）剧团、皮影戏各一回。西安人看戏的兴致似乎很高，除了我们看过的几处以外，还有好些剧团，听说处处满座，票不容易买。多数人能够哼两句秦腔或河南梆子，广播也常常播秦腔和河南梆子，喇叭底下聚集着低回不忍去的听众。

西安的戏院可以说属于旧形式。长方形，直里比横里长。长条椅一排排地正摆，挤得比较紧。两旁边栏杆以外也容纳观众，那是偏着身子站着看的，票价特别便宜。房屋不怎么讲究，有几座用席顶棚。易俗社舞台沿的上方仿敦煌壁画画两个大型的飞天，回身凌空，彩带飘拂，比随便画些图案好看多了。用飞天作舞台的装饰，在别处还没见过。

听说一九五四年要修一座戏院，当然是新式的，设计的时候一定会考虑到怎样让买便宜票的也有座位。

在易俗社看两回秦腔，一回是整本戏《游龟山》，一回是六个单出戏。戏都演得认真，排在前头的单出戏也没有从前戏院的习气，有气没力，敷（fū）敷衍（yǎn）衍，只顾陪着观众消磨时间。演员的地位和认识提高了固然有关系，另外的原因恐怕是观众老早到齐，一开场就坐得满满的，不像以前有些人那样直到末了儿一两出上场的时候才来，表示他们除了头牌的名角而外不屑一顾。既然有那么些人要看，而且是真心诚意地要看，就是戏排在前头，又怎么能草草了事？

小时候听秦腔，现在光记得贾碧云的《阴阳河》和《红梅阁》。贾碧云是京剧角色，带唱秦腔，当时很有些

声名。只觉得那声音高亢极了，刺耳的胡琴和梆子之外就只是那么咿咿呀呀的，越顿越高，越顿越高，完全听不清唱些什么。不知道什么缘故，现在听秦腔不觉得那么高亢了，胡琴和梆子也不刺耳，演员唱得好，口齿清楚，我可以听懂七八成，唱得差的，也有三四成。

没有戏单，挂在两旁的黑板上写着白粉字——戏名和演员名，因而很难记住谁扮演谁。我光记住了一位女演员的名字，孟遏云，因为近旁的观众都在轻声屏气地说这个名字，她的演唱特别引人注意，还有我左手边一位老太太带着叹息的调子说她今晚来看戏就为看这个孟遏云。

外行人不能说内行话，况且唱歌是声音的事情，用语言来描摹很难见效，往往描摹了一大堆，人家还是捉摸不到什么，我也不预备描摹了。我只觉得孟遏云的声音有天分又有训练，训练达到了极端纯熟的境界，能够自由操纵，从心所欲，随时随地恰当地表达出剧中人的感情，因而她的唱有风格，有自己的东西，虽然别人唱起来，唱词和曲谱也全都是那么样。听她一句一句唱下去，你心中再不起旁的杂念，光受她的唱的支配。她的风格含着种种味道，领略那味道是一种愉快、一种享受，你唯恐错过了一丝半毫的愉快和享受，哪还有工夫想旁的？她的声音那么一转，一转之后又像游丝一样袅上去，你就默默点头，认为非那么一转袅上去不可。她把一个语音斩钉截铁地喷出来，才喷出来就划然煞住，你就呷呷嘴唇，认为唯有那样喷出来就煞住才恰到好处。这里所谓"认为"并非思维活动，简直是不意识，不过耳朵里感觉顺适，心里感觉舒服罢了。我们看了好的书画、精美的雕刻，同样会感觉到那种顺适和舒服。凡是艺术作品，合乎规格，又不仅合乎规格，还有独自的风格、独自的味道的，都能叫人感觉到那种顺适和舒服。——我说了这么些话并没有传出孟遏云的唱的好处，这是没有办法的事，要领略好处怕只有用耳朵去听。我很想听听内行家的意见，不知道内行家对于孟遏云的唱怎么说。至于她的演技，我不再多说外行话了，总之，妥帖，老到，全身有戏，随时是戏。在《游龟山》里，她演江夏县的太太，又一回她演《探窑》里的王宝钏。《探窑》尤其酣畅淋漓。

常香玉的河南梆子，我看过她的《断桥》。她也有她的风格，能把感情充分地发挥。白娘娘的爱恋、怨恨、悲痛，听了她的唱似乎可以把实质给抓住。这回看了她的《花木兰》，印象当然也挺好。我的一位朋友发表他的"读后感"。他说《花木兰》的道白做工似乎过于京戏化了，减少了河南梆子的本色——某一剧种的某些本色应该保留还是改掉，该多保留还是少保留，是戏剧工作里值得讨究的题目。他又说花木兰胜利之后帐前独唱的时候如果有个舞蹈场面，戏也许更出色些。外行人不能下什么判断，愿意把朋友的意见记下来，供香玉剧社参考。

巧得很，在易俗社看了《拷红》，在香玉剧社也看了《拷红》。易俗社的《拷红》，饰红娘的是一位男角——很抱歉，没有记住他的姓名，一出场就看得出他是个守着旧典型的。所谓旧典型就是传统的规范，一举一动，一颦一笑，全有程式。可是他能不让程式拘住，把程式演活了，于是观众面前出现一个活泼伶俐随机应变的小红娘。我想，我国各种旧戏都有它的程式，凡是成功的演员都是把程式演活了的——不知道这样说是不是切当。香玉剧社的《拷红》，老夫人、莺莺、红娘、张生四个角色铢两悉称，彼此配合得挺紧凑，一个在那里唱呀说的，跟另外一个或几个息息相关。这一层不太容易做到。可是观众爱看的是整台的戏，不是一个角色演戏，另外一个或几个只在旁边坐一坐，站一站。为了满足观众的要求，演员当然应当尽力做到这一层。

没有戏剧源流的知识，不知道秦腔和河南梆子的关系怎么样。推想起来，该是近房兄弟吧。不然，为什么西安人喜爱河南梆子那么强，只望香玉剧社老留在西安？再说，陕西跟河南接壤，一在关内，一在关外，地理上的关系也实在密切。据我想，这两种戏剧，还有其他几种地方戏，有个共通之点，就是唱句的音乐性很够味，可是听起来还是语言。音乐性够味，所以熟极的戏也愿意再去听一听，听那唱歌，听那演员的独自的风格——当然指有风格的而言。听起来还是语言，所以听歌唱同时领略戏的细微曲折，比较单就音乐方面听，感觉更见深切。在我国各种戏剧里头，音乐性够味可是听起来几乎不成语言的，该数昆曲里的南曲了——北曲好一些。固然，曲词多用文言词藻，造句又属诗词一路，那是不容易一听就明白的一个原因。可是，更重要的原因在每唱一个字袅呀袅呀地转折太多了，叫人家光听见一连串的工尺上四合。就是能唱的曲家，要是请他听一支生曲子，恐怕除了一连串的工尺上四合也领略不多吧。曲词明明是语言（诗词一路的语言），可是听起来只是一连串的工尺上四合，不成语言。在戏曲界"百花齐放，推陈出新"的今天，各种剧种都在那里发展呀改革的，情形热闹非凡，可是昆曲只有抱残守缺的份儿，道理也许就在这里。京戏旦角的某些唱段，我听起来也有一连串工尺上四合之感，就是说不知道说些什么，虽然觉得悦耳。我听秦腔和河南梆子就不然，一方面居然能欣赏唱的好处，另一方面又能听清它的语言，欣赏就包括戏剧的内容，不仅在音乐。凡有这个特征——音乐性够味，可是听起来还是语言——的歌剧，我想，前途都是光明的、乐观的。什么根据呢？根据就在我能够接受，非但能够接受，还能够欣赏。而我呢，至少可以代表一大部分并不内行可是喜欢看戏的观众。

看了西北歌舞剧团的《小二黑结婚》，我就想到一部分新歌剧似乎还没有前边所说的特征，唱词配了音乐，当然不像话剧那样，句句跟实际生活里的语言一致，而那音乐，不知道什么缘故，又不像秦腔和河南梆子那样，能使有天分的演员唱成独自的风格。于是，就语言方面听，不如话剧干脆、爽利、有实感，就音乐方面听，不如秦腔、河南梆子的耐人寻味，经得起咀嚼。有些新歌剧，我们看过一回，知道有那么一回事就算了，再不想看第二回，原由恐怕在此，新歌剧正在成长的阶段，得从各方面努力，是不是该在争取我所说的特征上多注点儿意，希望戏剧界考虑。

现在谈皮影戏。我们看的全本《火焰驹》。皮影戏各个登场人物的唱词道白大部分由一个人担任，只有少数几处由另外一个人搭配。唱的什么调我不知道，似乎属于"说唱"一路。

那皮人、皮道具的雕刻工细极了，饰色鲜艳极了，陈列在民间艺术品展览会里准可以列入上选。一切全用繁复的线条画成，只有人物的面部很简单，几笔勾出了生旦净丑，当然也有繁复的花脸。生的袍服，旦的衣裙……全有图案花纹。一张桌子，一把椅子，也不厌其烦地尽量细雕，好像红木作里制成的精制品。小到一把扇子（要知道皮人只一尺来高，可以想象扇子多大了），并不剪成扇形就算，还要把它镂空，让扇面上有画。有几幅布景，那花丛全

用工笔，那假山有宋元人画山石的意味，又古茂，又艳丽。

没看过皮影戏的也许不大明白那是怎么回事，现在大略说几句。可以拿傀儡（kuǐ lěi）戏作比方，傀儡戏是傀儡演戏，皮影戏是皮人演戏，举止行动同样由藏在背后的人操纵。不过皮人不像傀儡那样成个立体的形象，那是皮雕成的，只是一片，而且是侧影的一片，不朝左就朝右。后面亮着灯光，活动的皮人的影子映在垂直张挂的白布上，观众在白布前面就可以看戏了。

我们看戏看傀儡戏都在台前看，看正面。舞台有深度，因而有远近。元帅升帐，他的位置距离我们远些，帐前两旁站着四将，距离我们近些。看皮影戏可不然。我们虽然坐在白布前面，实际上等于坐在舞台侧边，只能看个侧面。无所谓远近，侧形的皮人全在一个平面上活动——一个平面就是那垂直张挂的白布。

看皮影戏得在意想中"除外"一些形象。换句话说，有些影子你得当作没看见。要让皮人的身躯跟四肢活动，不能不用几根细木签支使它，细木签的影子不能不映在白布上。要是不在意想中当作没看见那些细木签的影子，就觉得场面上的人物牵牵挂挂的，很不顺眼。还有，皮人本来朝左，一会儿要它朝右，这只有一个办法，把它翻转

125

来。翻转来当然很快，真可以说"一刹那"，在"一刹那"间，侧面的人形成了稀奇古怪的形象。那稀奇古怪的形象也得"除外"，当作没看见，意想中只当它朝左的人物慢慢地转过身来朝右边。还有，皮影必须贴着白布，轮廓和线条才显得清楚，色彩才显得鲜明。可是，皮人究竟拿在人的手里，总不免有些时候离开白布些儿，于是轮廓和线条朦胧了，色彩模糊了。那时候你最好闭一闭眼睛养养神，待皮人贴着了白布再看下去。

这些全是特质的条件的限制，既然要让"只是一片"的皮人演戏，就没法超越这些限制。我们只要想一想，所有登场的皮人全都由一个人的两只手操纵，居然可以演出整本的戏，摹仿真人的活动相当到家，也就不会有什么苛求了。

一个唱的，一个操纵皮人的，三四个奏音乐的，大概五六个人就可以搞一个皮影戏的班子。这样地简单，旁的戏班子无论如何赶不上。跟傀儡戏比起来似乎差不多，可是皮人比傀儡轻巧多了。在无戏可看的地区，皮影戏靠它的简单，四处流动，满足群众的需要。现在戏剧的供应已经比较普遍，今后更将普遍，僻远的农村也可以看到话剧、歌剧。我想，在换换口味的意义之下，那时候皮影戏还会是群众所喜见乐闻的。

登雁塔

雁塔在西安城外东南面。那天上午十点，我们出西安南门往雁塔，远远望见好些正在兴修的建筑工程，木头构成的工作架跟林木相映衬。听说这些全是文教机关的房屋，西安南郊将来是个文化区。没打听究竟是哪些文教机关，单知道其中有个体育运动场，面积七百多亩，有田径赛场、各种球场、风雨操场、滑冰场、游泳池，可以容纳观众十万人以上——规模够大了。

在以往历史上，有没有一个时期像今天这样在全国范围内搞基本建设的？且不说工矿方面的基本建设，单说机关、学校、公共场所的兴修，修成之后将在那里办理人民的公务，培养少年、青年乃至成人，使他们具有堪以献身的精神体魄，像今天这样的情形在以往历史上有过没有？我不曾下功夫查考，可是我敢于断定不会有。我这个断定从以往社会的性质而来。那时候无非兴修些帝王的宫殿、公侯的第宅、贵介的别墅，或者地主富商修些房子自己住，租给人家收租钱，等于放高利贷，再就是勉强过得去的人家搭这么三间两间聊蔽风雨。除此而外，哪儿会有为了群众的利益招工动众，大规模地兴修房屋的？

这么想着，不觉雁塔早已在望。原地颇有高下，可是坡度极平缓，车行不感颠簸。不多久就到了雁塔所在的慈恩寺门前。

进门一望，只觉景象跟一般寺院不大一样。殿宇亭台不怎么宏大，空地特别宽广，又有栽得很整齐的林木、蒙络荫翳（yì）的灌木丛、略有丘壑之势的小土丘，树荫之下立着好些个埋葬僧人的小石塔，形制古朴有致。这就成个园林的布置，佛殿只是整个园林的一个组成部分，不像杭州的灵隐寺那样，一进门只见回廊、大殿、经院、僧房，虽然并不逼仄，总叫人感觉不太舒畅。多数寺院都属于灵隐寺一派，而这个慈恩寺仿佛一座园林，我说它跟一般寺院不大一样就在此。这寺院当然不是唐朝的旧观，可是眼前的这个布置尽够叫人满意了，何况单提慈恩寺这个名字就叫人发生历史的感情。这是玄奘法师翻译佛经的场所，寺里的雁塔是玄奘法师所倡修，玄奘法师那样艰苦卓绝地西行求法，那样绝对认真地搞翻译工作，永远是中国人的骄傲，永远是中国人的一种典范，谁信佛法谁不信佛法并没关系。

台阶两旁立着好些题名碑，题名的是明清两朝乡试中举的人。唐朝有新进士雁塔题名的故事，后代人似乎非摹仿一下不可，可是京城不在西安，新进士不会在西安会集，于是轮到新举人。写篇记，刻块碑，把名字附上，也算表示了他们的显荣和雅兴。看那些记文，说法都差不多。本来就是那么一回事，题材那么枯窘，有什么新鲜的意思好说的？我们不耐一一细看，我们登雁塔要紧。

　　雁塔在慈恩寺的后院。不知道实测究竟有多高，相传是三百尺，耸然立在那里。塔作方形，共七层，一层比一层缩进些，叫人起稳定之感。每层每面有个拱形的门框。

最下一层的门框是进塔去的过道，东南西北四面都可以进去。从第二层起，四面门框全装栅栏，游人可以靠着栅栏眺望。我们从南面的拱门进去，走完过道，塔中心空无所有，只靠墙架着两架扶梯。扶梯作直角的曲折，几个曲折才到第二层。猜想所以架两架扶梯之故，一来是游人多的时候可以分散些，二来是最下一层地位宽，容得下两架扶梯，两架扶梯之外还大有回旋余地，你看，从第二层起就只一架扶梯了。

杜工部《同诸公登慈恩寺塔》诗中有"仰穿龙蛇窟，始出枝撑幽"的句子，写的正是从最下一层往上爬的印象。那里过道比较深，进去的光线不多，骤然走进去尤其觉得昏暗。于是杜老想象这么昏暗的所在该是龙蛇的窟穴吧。到了第二层，光线从四面而来，就觉得豁然开朗，出了"幽"境——"枝撑"指塔内的木材构筑。

第二层齐扶梯的顶铺地板，以上五层都一样。有了这地板，才可以走到拱门那里，爱望哪一面就往哪一面，又可以歇歇脚，透透气，再往上爬。要是没有这地板，扶梯接扶梯一直往上，且不说没法从从容容地眺望一番，开开眼界，就是从下朝上、从上朝下望望，那么一个又高又空的塔中心，那么些曲折不尽的扶梯，就够叫人目眩心惊腿软的了——地板稳定了游人的情绪，无论在哪一层，仿佛在一间楼房里似的。

同伴说我力弱，不必爬到第七层，爬这么两三层就可以了。我也想，如果要勉强而行——而且是过分地勉强，那当然不必。可是我升高一层歇一会儿，四面望望，再升高一层，虽然呼吸不怎么平静，心跳越来越强，两条腿越来越重，总还觉得支持得下，没有什么大不了，结果我居然爬上了第七层。可以说是勉强而行，然而不是过分地勉强。在某些场合——比游览重要得多的场合，只要意志坚强，有时候连过分地勉强也有所不避，勉强让意志给克服了，也无所谓勉强了。

在最高一层四望，因为天气浓阴，空中浮着云气，只觉一片混茫，正如杜老诗中所说的"俯视但一气"，南面既望不见终南山，朝西北望，贴近的西安城市也不太清楚。至于杜老所说的"七星在北户，河汉声西流"，那根本是想象，并非他登塔当时的实景。我们未尝不可以作同样的想象，这么想象就好像我们自身扩大了，其大无外的宇宙也不见得怎么大似的。

一层一层下去当然比上来容易，可是每下一层也得歇一歇，免得头昏眼花。出了最下一层的拱门，我们坐在台阶上休息。坐不久又不免站起来看看，原来拱门内过道的石壁上全是刻字，起初挤在游人丛中急于登塔，竟不曾留意。刻的大多是诗篇，各体的诗，各体的书法，各个朝代的年号，还有各个风雅的题壁人的名字。这且不说，单说一点。后代的题壁人见壁上早已刻满，再没空地位，就把自己的文字刻在前代人的题壁上，你小字，我大字，你细笔画，我粗笔画，总之，抹杀你的，光有我的。这样强占豪夺的风雅，未免风雅过分了。

最下一层四面拱门的门楣上都有石刻画，我以为最值得细看。刻的是佛故事，人物和背景全用细线条阴刻。依我外行人的见解，细线条的画最见功夫，你必须在空白的幅面上找到最适当最美妙的每一条线条的位置，丝毫游移不得，你的手腕又必须恰好地描出每一条线条，丝毫差错不得，太弱太强也不成。所以画家必须先在心目中创造完美的形象，又有得心应手的熟练技巧，才能够画成细线条的好作品。最近故宫博物院布置绘画馆，在第一陈列室的正中间挂一小幅敦煌发现的唐朝人的佛像图，全用细线条，我看了很中意。现在这门楣上的石刻画，可以说跟绘画馆的那一幅同一格调、同一造诣。雁塔经过几次重修，连层数也有所改动，建筑材料当然有所更换，可是一般相信底层没大动，门楣石该是唐朝的原物，石上的图画该是唐朝人的手笔。这就无怪乎跟敦煌保藏的唐画相类了。据梁思成先生《敦煌壁画中所见的古代建筑》那篇文章，西面门楣上的画以佛殿为背景，精确地画出柱、枋、斗拱、台基、椽檐、屋瓦以及两侧的回廊，是极可珍贵的建筑史料，可以窥见盛唐时代的建筑规模。

南面拱门两旁各陈列一块褚遂良写的碑。石壁凹陷进去，砌成龛形，碑立在里面，前面装栅栏，使游人可望而不可即。一块是唐太宗所撰的《大唐三藏圣教之序》，一块是唐高宗所撰的《大唐三藏圣教序记》——这块碑从左往右一行一行地写，有些特别，用意在跟前一块碑对称，成为"合欢式"。褚遂良的书法不用说，单说那碑石经历了一千四百年，文字还很完整，笔画还有锋棱，可见石质之坚致。西安好些石碑大都如此，大概用的"青石出自蓝田山"的青石吧。向来玩碑的无非揣摩书法，考证故实，注意到碑额、碑趺和碑旁的装饰雕刻是比较后起的事情。其实好些古碑的装饰雕刻尽有好作品，大可供研究雕刻艺术的人观摩。就是这两块褚碑，两边的蔓草图案工整而不板滞，已经很够味了。碑趺的天人舞乐的浮雕尤其可爱。那是浮雕而超乎浮雕，有些部分竟是凌空的立体。雕刻不怎么工细，可是人物的姿态极其生动，舞带回环，仿佛在那里飘动似的。两碑雕的都是一个舞蹈的在中间，奏乐的分在两边（一块上是奏管乐，一块上是奏弦乐），两两对称，显出图案的意味。碑额雕的什么，可恨我的记忆力太差，记不起了，只好不说。

曲江池在慈恩寺东面不远。曲江池这个名字在唐朝人的诗里见得很多，其地既然近在眼前，我们应当去看看。

一路上陂陀（pō tuó）起伏，车时而上行，时而下行——所谓黄土平原原不像操场、运动场那样平。在比较高的地点眺望，只见四面地势高起，环抱着一块低洼地，田亩而外就是树林，虽然时令在秋季，浓阴笼罩着茂密的林木，倒叫人发生阳春烟景的感觉。我们知道这就是所谓曲江池了。曲江池原是个人工池，水是浐河的水，唐玄宗开元年间引过来的。到唐朝末年，大概是通道阻塞了，池就干了，变为田亩。

在盛唐时代，这曲江池四围尽是公侯第宅，楼台亭榭大多临水，花柳相映，水光明澈，繁华景象可以想见。曲江池又是当时长安人游乐处所。逢到三月上巳、九月重阳，游人尤其多，不论贫富贵贱，大家要来应个景儿。池中荡着彩船，堤上挤着车马，做生意的陈列着四方货品，走江湖的表演着各种杂技，吹弹歌唱，玩球竞马，凡是享受取乐的玩意儿，在这里集了个大成。又因当时河西走廊畅通，文化交流极盛，形形色色都搀杂着异域的情调和色彩，更见得这里来凑个热闹可喜可乐。——照我猜想，当时情形大概跟《彼得大帝》影片里的某些场面相仿，逢到节日良辰，皇帝、贵族还肯跟庶民混在一块儿寻欢取乐，不摆出肃静回避、容我独享的臭架子。按封建时代说，这就很不错了。

至于现在，游了慈恩寺、登了雁塔的，多半要来曲江池走走，慈恩寺和曲江池自然联成个没有名称没有围墙的公园。这是个普通的星期日，而且天气阴沉，可是曲江池游人尽多。这边是一队少年先锋队在且行且唱，那边是一批工人在闲步眺望，机关里的男女干部，乡村里的小姑娘、老太太，结伴而来，兴致挺好，笑语嘻嘻哈哈的，脚步轻轻松松的。几年以来，大家已经养成习惯，工作的日子出劲工作，休假的日子认真玩乐。郊外既然有这么个好所在，谁不爱来走一走、乐一乐？一条马路正在修筑，从城里的解放路（东半边的南北干路）直通雁塔，城里人出来更方便了。一方面体育运动场也快完工。将来逢到四野花开的时节，春季晴朗的日子，或者运动会举行的期间，城里人必将倾城空巷而出，乡里人也必闹闹挤挤地出来享受他们的一份儿。这样的盛况是可以预想的。既有这新时代的盛况，封建时代的盛况也就没有什么可以留恋了。

曲江池附近有一道陷落五六丈的土沟，王宝钏的"寒窑"就在沟里。王宝钏原是"亡是公""乌有先生"一流人物，她的"寒窑"当然在"无何有之乡"，可是偏有人要指实它，足见戏剧影响社会之深。舞台上既然演《别窑》和《探窑》，那"寒窑"怎能没个实在地点？《宝莲灯》里有劈山救母的故事，就有人在华山上指明斧劈的处所（这是听人说的，并未亲见），理由也在此。我们走下土沟去看，原来是个小小的庙宇，中间供泥塑女像，上面挂"有求必应"的匾额，王宝钏成了神了。身份虽然改变，实际还是一样——神不是也属于"亡是公""乌有先生"一流吗？庙宇实在没有什么可看，倒是庙门前的两棵白杨值得赏玩，又高又挺拔，气概非凡。回到原上看，那两棵白杨的上截高过原面一丈左右。

核心素养学习微展台

语文核心素养包括：文化自信、语言运用、思维能力和审美创造。文化自信是指学生认同中华文化，对中华文化的生命力有坚定信心；语言运用是指学生初步具有良好语感，形成个体语言经验，具有正确、规范运用语言文字的意识和能力，对国家通用语言文字具有深厚感情；思维能力是指学生在语文学习过程中的联想想象、分析比较、归纳判断等认知表现；审美创造是指学生具有初步的感受美、发现美和运用语言文字表现美、创造美的能力，具备健康的审美意识和正确的审美观念。我们通过阅读《记金华的双龙洞》，语文素养得到了一定的提升，下面就让我们一起展示一下吧。

词句收纳盒

本书是一本游记散文集，收录了多篇叶圣陶具有代表性的经典游记散文，叶圣陶的游记散文文字优美，诗意盎然，其中的经典词句可以作为我们写作的极佳素材，下面就把你积累的好词好句收纳起来吧！

好词：＿＿＿＿＿＿＿＿＿＿＿＿＿＿＿＿＿＿＿＿＿＿＿＿＿＿
＿＿＿＿＿＿＿＿＿＿＿＿＿＿＿＿＿＿＿＿＿＿＿＿＿＿＿＿＿

好句：＿＿＿＿＿＿＿＿＿＿＿＿＿＿＿＿＿＿＿＿＿＿＿＿＿＿
＿＿＿＿＿＿＿＿＿＿＿＿＿＿＿＿＿＿＿＿＿＿＿＿＿＿＿＿＿

文章探寻

本书收录的散文主要描绘了作者对自然风光的感悟和对人生境界的思考，哪篇散文中的感悟和思考启发了你？找出来，并把你的感悟和思考写在下面吧。

　　本书中收录的散文展示了多种生活场景。结合自身状况，试着写一段描写你身边的生活场景的段落。

　　本书中，叶圣陶以精湛细腻的笔触描绘了祖国的美好河山和自然风光，带给我们丰富的艺术享受，引领我们去接触自然，寻找大自然中的美。你发现了大自然中的美好事物了吗？把你的发现写出来吧！

我发现的事物	我的审美感受